laGalerajove

M.A.X.

ÀNGEL BURGAS

Premi Joaquim Ruyra 2003

laGalerajove

Primera edició:
març del 2004

Primera edició en aquesta col·lecció:
febrer del 2012

Disseny gràfic de la coberta: Mariano Rolando
Disseny gràfic del interior: clase

Fotografia de coberta: Agefotostock
Correcció: M. Mercè Estévez
Maquetació: Montserrat Estévez

Edició: Sílvia Ruiz
Coordinació editorial: Anna Pérez i Mir
Direcció editorial: Iolanda Batallé Prats

La Galera, SAU Editorial
Josep Pla, 95 – 08019 Barcelona
www.lagalera.cat
lagalera@grec.cat

Imprès a Limpergraf SL
Mogoda, 29-31 - Pol. Ind. Can Salvatella
08210 Barberà del Vallès

Dipòsit legal: B. 4907-2012
Imprès a la UE
ISBN: 978-84-246-4357-7

Per a l'Aleix Ortensi real,
que em reclama històries com
la de l'Aleix Ortensi del MAX.
I al seu amic Max, és clar.

1

La classe d'anglès d'avui ha resultat profitosa: arran d'una pregunta d'en Sergi Sunyol, la professora ha escrit a la pantalla una llista de paraules que a en Max i a mi ens interessava saber. Paraules relacionades amb la recerca informàtica, les xarxes virtuals, els vincles de la policia cibernètica i tot això que ens motiva quan ens connectem al MAX i no sabem com sortir-nos-en a l'hora de rebre missatges en anglès o en clau que només es poden desxifrar segons la terminologia anglosaxona.

L'aparició en pantalla d'aquelles paraules tan cobejades ha provocat que tots dos desviéssim els ulls dels respectius monitors i ens busquéssim. En Max seu tres fileres darrere meu, i no sempre rep a temps les instruccions i els *enters* de la professora, ja que habitualment passa de les classes i està connectat a un joc o a una pàgina de jeroglífics mentals. Més d'un i de dos cops, la professora l'ha enxampat concentrat en una pàgina que no tocava i l'ha fet fora de l'aula. A mi em sap greu, perquè penso que sóc l'únic que el coneix bé i que sóc conscient de la seva capacitat intel·lectual, que és altíssima, però que no resulta evident als ulls dels professors ni dels altres alumnes. Cada dia pateixo per si el fan repetir cicle i ens separen. Per a mi seria terrible. «Em tindràs sempre al teu costat fora de l'aula», diu ell per tranquil·litzar-me, «i si més no em tindràs sempre al MAX.» Però jo ho dubto. Dubto de totes les coses i de totes les persones, actitud bastant habitual entre els nens de la meva generació, que vam néixer en ple desencís del món del benestar anterior, del qual els meus pares encara formaven part. Si per als pares tot es va tornar descoratjador i irreversible, per a nosaltres, els seus fills, tot és intemporal, qüestionable i ambigu.

Els meus pares viuen atemorits pel seu propi fracàs, i no surten mai de casa. Cada dia, quan torno de l'escola, els trobo immòbils i en silenci, absents, sempre asseguts davant de la pantalla. Tots dos són relativament joves i estan malalts. L'estat els ingressa una pensió mensual, a part de la meva, i amb aquests diners van tirant. En tenen per a les quotes de pantalla, per a les factures d'aigua, gas i electricitat i poca cosa més. El servei social de l'ajuntament els proporciona un càtering diari. Des de molt petit, igual que molts altres nens de la meva generació, m'he hagut d'espavilar i administrar jo mateix els diners de la pensió. Calcular les despeses d'escola, de material, de dinars i berenars, i d'oci dels caps de setmana. Jo mateix he posat els meus horaris (i sovint els seus) i provo de portar una vida mínimament ordenada. En el fons hem tingut sort, ells i jo, perquè he sortit un nen disciplinat i responsable. Em faig càrrec de la situació, i col·laboro, tant com puc, a obeir les lleis de la societat que m'ha tocat viure.

En Max estava connectat avui a la lliçó d'anglès, i per això ha gaudit amb la llista de termes que ha escrit la professora. Ens hem mirat amb complicitat a través de les tres fileres que ens separen, i tot dos hem premut alhora la icona de «Desar el document».

—Aleix Ortensi i Max Oliva: això no calia desar-ho! —ens ha escridassat la professora en comprovar, a la seva pantalla, que havíem premut la icona—. Sembla que actues quan no toca, Max Oliva. Més valdria que desessis les lliçons importants que t'han de permetre aprovar els exàmens, noi.

Quan s'ha acabat la classe, abans d'apagar l'ordinador, he enviat un missatge de text a casa. «Hola, pares, estic bé. Tornaré a les set o a les vuit. Mare, no oblidis les píndoles a dos quarts de quatre. Un petó. Aleix.» Els missatges que els envio un parell de cops al dia, els reben sobreimpresos a la pantalla on miren, sense esma, un serial o un concurs. He endevinat el somriure de la mare en rebre el senyal de «Nou missatge enviat»; un somriure estrafet, com una ganyota, que no haurà perdut del rostre mentre llegia el missatge a la part inferior de la pantalla; i després haurà llançat una llambregada de complicitat al pare, que potser l'haurà clissat o potser no, depèn de l'estat d'ànim en què es trobi en aquell moment. Sovint, el pare mira sense veure, i penso que les imatges que es projecten a la pantalla no li arriben al cervell; simplement les ignora, i és com si pel monitor passessin una pel·lícula diferent, la que té al seu cap, que sospito que es basa en experiències del món anterior, quan jo encara no havia nascut i ell sortia de casa, i tenia una feina, i gaudia de l'amistat d'un munt de gent.

En Max m'ha proposat dinar a casa seva. Jo li he dit que no, que si anàvem a casa ens enganxaríem al programa i no seríem capaços de tornar a l'escola per a les classes de la tarda. A en Max no li sap greu fer campana, però a mi sí, potser perquè sóc responsable de mena. L'he convençut, i hem dinat a l'escola. Hem demanat un menú *Disaster* per a dos teclejant el codi a l'entrada del menjador, i hem buscat un lloc a la vora dels finestrals que donen al camp ras. Només quedava lloc a la taula de l'Hugo i l'Omar, i hem estat a punt d'ignorar-los i seure discretament en un racó, però la vista del camp ras és tan fascinant que no ens n'hem pogut estar.

—Mireu qui ve! —ha exclamat l'Hugo—. A què es deu l'incomparable honor que tenim de compartir taula amb un parell de polis de l'univers?

L'Omar i els altres han esclafit una rialla.

—Deixa'ns en pau, cara de foca. No em facis parlar massa, perquè se m'indigestarà el dinar abans de pair-lo —ha contestat en Max mentre sèiem.

—Ooohhh... El senyor està de mala llet! —s'ha lamentat l'Hugo fent teatre—. Que potser no han tingut un bon dia, les excel·lències protectores?

—No et vull tornar a sentir, merda seca. Només suplico a la intel·ligència sobrenatural que impera en aquest planeta que mantingui ocupada la teva única neurona en una conversa, si se'n pot dir així, amb els teus fidels imitadors de pacotilla.

—No et fotis amb mi, Maximilianum —ha protestat l'Omar fent-se l'ofès.

Una de les cambreres s'ha acostat a la taula per informar als que havíem demanat *Disaster* que s'havia acabat la Cobra, i que anéssim pensant una beguda substitutòria. En Max ha demanat taronjada amb gas i jo, suc de kiwi.

—Ah, i si teniu beuratge a base de neurones —ha afegit en Max amb serietat—, porteu-ne una garrafa de cinc litres. Aquesta taula en va necessitada.

—Mireu! Han tornat els homes de l'uniforme! —ha exclamat de sobte en Julià, assenyalant amb el braç el camp ras darrere dels vidres.

Tots hem mirat cap a fora, i, efectivament, els homes que feia dos dies que havien desaparegut de la zona tornaven a ser allí, armats amb potentíssims rastrejadors i escafandres al cap.

—Segur que han trobat una nova fuita radioactiva! —ha apuntat en Julià, esverat—. Allò que van dir la setmana passada era una mentida. Segur que han trobat de tot i no volen que se sàpiga!

Els homes, quatre exactament, recorrien un espai de cinc metres quadrats armats amb detectors que movien en cercle arran de terra. Des de feia setmanes, totes les finestres de l'escola que donaven al camp ras havien romàs hermèticament tancades per precaució, ja que hi havia indicis d'una fuita tòxica a través d'una esquerda en algun dels tubs antics que recorrien el subsòl de la zona. Les autoritats havien barrat els espais de lleure de l'escola encarats al sud i havien precintat tots els vidres de les finestres encarades al camp ras veí. Els operaris dels escafandres havien treballat de valent durant unes setmanes a la recerca de restes contaminants un cop reparada la fuita, i semblava que no havien trobat res. Per això era estrany que avui tornessin a ser allí, vestits de la mateixa manera i inspeccionant l'espai amb els mateixos detectors.

—Alguna resta se'ls ha descontrolat. A hores d'ara la majoria de nens ja deuen estar contaminats! —anunciava en Julià, que semblava passar-s'ho bé amb tot allò relacionat amb accidents i contaminacions.

—Si ho dius per tu, Julià, no pateixis —ha comentat en Max—. Totes les teves deficiències són de naixement, i les dels teus col·legues també. O sigui que pots estar tranquil.

—Avui tenim el dia foteta, comissari virtual?

—L'inspireu —he dit jo—. Necessita un revulsiu per inspirar-se. Ningú millor que vosaltres.

—Ja ha parlat la veu de la consciència. Aleix Ortensi: ets patètic! —ha exclamat l'Hugo—. Ets una vulgar ombra de l'emperador de la criminalitat perseguida.

—Hugo, rei —li ha recriminat tendrament en Max—, vols dir que la neurona solitària no en té prou? Au, maco, deixa-la descansar una estona...

Les cambreres han portat els menús. Dos *Disaster* per a mi i en Max, un *Fireline* per a l'Hugo, i dos *Cool-days* per a en Julià i l'Omar. Les cambreres han quedat parades quan, a través dels vidres, han descobert la tornada dels rastrejadors de fuites.

—Estem contaminats! —ha anunciat en Julià.

—Au, calla, nen! No diguis disbarats! —l'ha escridassat una de les dones, però ha mirat furtivament la seva companya, que s'havia dut la mà a la boca sense poder evitar-ho.

Després del dinar i d'una interminable disputa dialèctica amb el pesat de l'Hugo, en Max ha volgut relaxar-se una estona abans de començar les classes i hem preguntat si hi havia matalassos lliures a l'aula de relaxació. Hem tingut sort: n'hi havia un munt, ja que a fora, a la pista esportiva, es disputava un partit de futbol entre l'equip de l'escola i un de foraster. Hem jagut l'un al costat de l'altre, amb els auriculars a les orelles i els ulls vagarejant pel firmament animat que simula el moviment de les constel·lacions. He escollit un canal de música oriental, i no he trigat ni dos minuts a caure en un son profund.

A dos quarts de quatre hem començat les classes de la tarda. A primera hora, laboratori de física, i després, història universal. Segons m'ha confessat més tard, en Max no s'ha connectat ni un sol moment a la pantalla del professor, i s'ha dedicat a buscar adreces a la xarxa i a jugar. En acabar la classe, el professor ha detectat els alumnes passius, ha enviat missatges a les famílies respectives i els ha tingut castigats treballant mitja hora més. He esperat en Max al pati central, xerrant amb la Marta i la Lua.

—Voleu venir a casa? —els ha preguntat en Max quan ha sortit—. L'Aleix i jo ens connectarem al MAX.

—Passo del MAX, Max —ha dit la Lua.

—Max-max... Pib-pib... —he rigut jo.

—No sé com podeu estar tan enganxats a un programa com aquest! Només us treu hores de son, i no serveix per a res. La vida és aquí a fora, noi, no a la pantalla de l'ordinador...

—La vida? Quina vida? —l'ha interromput el meu amic—. La vida dels pares de l'Aleix, que estan tot el dia asseguts davant la pantalla? La vida del col·le, tan a la vora d'un jaciment contaminant que gairebé no ens queda lloc als pulmons per encabir-hi tota la merda? La vida dels profes i les seves lliçons avorrides? A aquesta vida, et refereixes?

La tarda era fosca i amenaçava pluja. Hem agafat les bicis i hem travessat la ciutat fins a casa d'en Max. La policia havia detingut un regiment d'immigrants il·legals i els mantenia encarats a la façana d'una casa, les mans enlaire, mentre els escorcollaven. Una dona vella s'havia mort al mig del carrer de la Muralla i un grup de vianants encuriosits la custodiava tot esperant l'arribada de l'ambulància. Dos cotxes havien xocat a l'encreuament del carrer de Pujades amb el passeig Nou, i la calçada era una catifa de vidres esmicolats.

—La vida és a fora! —ha remugat en Max mentre entràvem les bicis al garatge—. Ja te la regalo, aquesta merda de vida que hi ha a fora!

Semblava que la mare d'en Max havia deixat berenar per a una legió d'afamats. El parament de la taula contrastava amb la misèria que regna a casa meva quan arribo cada tarda: la mare no es recorda mai de preparar-me el berenar, i normalment aprofito, si tinc gana, peces resseques del càtering del migdia.

—No et pensis que sempre és així. Que hi hagi tanta teca a la taula —m'ha aclarit en Max— vol dir que els pares són fora, de viatge, i que no tornaran fins d'aquí a una setmana. O sigui que, amic meu, aquest és el meu berenar, el meu sopar, el meu esmorzar de demà, el meu dinar de demà, el meu sopar de demà, el meu esmorzar de demà passat, etc.

Hem agafat un parell d'entrepans i ens hem servit dos gots enormes de Cobra abans d'entrar a l'habitació d'en Max i prémer el botó d'engegada de l'ordinador.

—Bona tarda, MAX! —l'ha saludat en Max amb una reverència—. Els que vénen a jugar et saluden!

L'habitació d'en Max és el caos personificat. No solament no es fa mai el llit ni endreça la roba, la neta i la bruta, sinó que tot el terra és un escampall de compactes, formatadors, compactes de làser, joguines, pesos de gimnàs, eines, fitxes, sabates, pilotes, restes de menjar, gots, plats, capses i capsetes de tota mena. D'una manotada ha tirat a terra tot el que hi havia a sobre de dues cadires amb rodes i m'ha convidat a seure. Hem apropat les cadires, i abans de prémer la icona directament a la pantalla, en Max ha fet moure els dits com faria un metge abans d'operar un pacient. «Som-hi, doncs», ha murmurat, i tot seguit ha vocalitzat la contrasenya per accedir al programa. Mentre s'anaven obrint les pantalles de presentació, benvinguda i instruccions per a jugadors novells, en Max ha buscat els auriculars entre el munt d'andròmines que hi havia sobre la taula i ens els hem col·locat a les orelles.

—Continuem l'experiència d'ahir?

—OK.

«Wellcome to the MAXperience», ha murmurat una veu molt suggeridora a les meves orelles. I a continuació la música característica, les pampallugues a la pantalla... i ja som... dins...

En Max despenja l'auricular del telèfon que sona amb insistència.

—Agència de detectius Max, digueu.

La veu que sent li resulta coneguda: és la de l'inspector en cap del departament de policia de Roses.

—Què hi ha de nou, inspector?

—Ha aparegut un altre vell, Max. Us hi hauríeu d'acostar de seguida.

En Max penja el telèfon i encén un cigarret. No diu res fins que jo no alço els ulls del llibre que estic llegint.

—N'han trobat un altre.

Ens posem en marxa. Condueixo a través de la plana dels aiguamolls, mentre en Max prova d'arreglar la gravadora que ahir va deixar de funcionar mentre escoltàvem tot el que havíem enregistrat sobre el primer avi perdut. Poso música, un CD de Nirvana enregistrat a Nova York el 1992.

Quan arribem a la platja d'Empuriabrava distingim una furgoneta de la policia aparcada al camí que voreja la sorra. Ens surt a rebre l'inspector que ha parlat abans amb en Max, i ens convida a pujar a la part posterior del vehicle. Dos policies custodien un home d'uns setanta-cinc anys, embolicat amb una manta de llana, que presenta evidents símptomes d'hipotèrmia.

—Ha aparegut a les vuit del matí. Caminava amb la roba xopa per la vora del mar, descalç, indocumentat. L'ha vist un veí que cada matí surt a fer fúting, i li ha demanat si es trobava bé. Aleshores l'home s'ha esfondrat, i l'esportista l'ha hagut d'arrossegar fins a la sorra perquè no s'ofegués amb les onades. De seguida ens ha telefonat i hem vingut.

—Parla català o castellà?

—No parla —diu l'inspector—. No ha obert la boca des que ha recuperat la consciència.

En Max, que no ha pogut arreglar la gravadora, en fa servir una que li deixa un dels homes de l'inspector. En Max té el costum d'enregistrar les descripcions d'allò que veu quan arriba a l'escenari dels fets.

—La platja està deserta a aquesta hora, exactament com ahir. Potser les onades arriben més esmorteïdes a la sorra, i no bufa tant la tramuntana. L'home que seu tremolant a l'interior de la furgoneta té uns setanta-cinc anys, cabells blancs molls i embullats; té el front molt ample i solcat d'arrugues. Resta amb els ulls tancats i sembla que murmura alguna cosa, com si rondinés en un estat de semivigília. Té els llavis tallats i de color morat a causa del fred i la humitat. L'han embolicat amb una manta i li han posat roba seca, mitjons blancs i gruixuts d'esport i unes espardenyes.

En Max és a fora, caminant per la vora de la furgoneta mentre parla. Fa una pausa, mira el mar, i continua:

—Em recorda vagament el meu avi Josep, perquè és gras i se'l veu desvalgut. L'inspector opina que, com l'avi que van trobar ahir a la platja de Roses, podria ser estranger, però no hi ha manera de fer-lo parlar. Se li han dirigit en francès, anglès, alemany, flamenc, rus i àrab, però no reacciona davant de cap frase. L'avi d'ahir continua en observació a l'hospital de Figueres, sembla que es recupera, i la policia està esperant el moment d'interrogar-lo per saber d'on ve i què feia perdut a la platja. Ens preguntem qui deixa aquests homes de matinada a la sorra, o com s'ho fan per arribar a la costa. No hi ha rastres de cap embarcació ni pastera; arriben indocumentats i atemorits, com si el mar els hagués expulsat de les seves entranyes. Caminen desorientats sense saber on van, i presumiblement no saben qui són, ni què fan aquí.

Arriba una ambulància i ajuden l'home a incorporar-se. Quan el baixen de la furgoneta observa el mar i es queda amb la mirada perduda, bocabadat, com si es meravellés de descobrir que encara és viu i que està sol. No reconeix els policies que l'ajuden, però es deixa acompanyar fins a l'interior de l'ambulància, que tanca les portes i arranca amb la sirena engegada.

—Ens agradaria acompanyar-vos a l'hospital —dic a l'inspector, que assenteix amb un cop de cap i va cap al seu cotxe.

En Max i jo pugem al nostre. Sona encara el CD de Nirvana i en Max encén un cigarret. Condueixo jo.

—D'on vénen? —em pregunto en veu alta mentre sortim d'Empuriabrava—. Hi ha d'haver una raó lògica...

—Segur que hi és, però ara per ara ens falten pistes.

Ahir la policia va recórrer tots els hotels de la costa més propera demanant als guies dels grups que s'hi hostatgen si havien trobat a faltar algun turista. A aquestes alçades de la tardor, els hotels que es mantenen oberts acullen grups de jubilats, espanyols o estrangers, que viatgen en colla. Es podia pensar que algun turista despistat s'havia perdut el dia abans i no havia sabut tornar a l'hotel. Però no faltava ningú enlloc, ni tampoc cap guia havia presentat denúncia per la desaparició de cap avi. No calia tornar a fer la ronda de telefonades als hotels, perquè presumiblement aquest nou nàufrag tampoc no provenia de cap grup excursionista.

Durant el trajecte en cotxe, tant en Max com jo observem les construccions que s'alcen als dos costats de la carretera. Discoteques en forma de castell, concessionaris de cotxes, concessionaris de vaixells i barques de motor, botigues de jardineria, hivernacles de flors, magatzems de mobles, terrissaires de *souvenirs*. Tot ens sembla estrany, nou i vell alhora, però no comentem res, només mirem.

—De debò que s'assembla al teu avi?

—Qui? —em demana.

—El vell de la platja.

En Max diu que sí, que li ha fet pensar en el seu avi. Jo no el vaig conèixer, i per la reacció del meu amic, ara que ha sorgit el tema, em fa l'efecte que ell mateix dubta d'aquesta semblança.

—Em pensava que el teu avi es deia Eloi.

—Sí, així es deia —afirma.

—Per això t'ho he preguntat. Has dit que et recordava el teu avi Josep. No sabia que tenies un avi que es digués Josep.

En Max torna a observar la carretera a través del parabrisa.

—No, la veritat és que jo tampoc no ho sabia.

Quan arribem a Figueres recordo que no sé on és l'hospital, i penso que ja trobaré indicacions, però resulta que no cal, que de fet sí que sé on és l'hospital i condueixo fins allà sense errar ni un sol cop el camí. A l'entrada mostrem les identificacions a la infermera de recepció, que ens indica que la persona a qui volem veure és a l'habitació 338 de la tercera planta. La dona ens informa que hi ha un oficial de la policia custodiant-lo i que fa pocs minuts han pujat tres policies més.

L'inspector ens rep a la porta de la 338 i ens convida a passar. L'home que ahir van trobar a la platja de Roses jeu en un llit que disposa d'un mecanisme de plegament i per això té l'esquena dreta. Li han posat uns coixins per acomodar-lo. L'home mira per la finestra, i dos policies han apropat les cadires al llit i han tret unes llibretes de les butxaques.

—Ahir va parlar amb els metges que l'atenen, però

ho va fer en una llengua que no van entendre —ens informa l'inspector—. Avui està més relaxat; ha passat una bona nit i ha esmorzat com cal.

Els policies de les llibretes li fan preguntes en diverses llengües, però l'home no respon. De fet, ni tan sols els escolta: continua mirant per la finestra sense immutar-se. Piquen a la porta i entra un dels metges. Ens dóna la mà, a nosaltres i a l'inspector, i explica l'evolució del malalt:

—Continua sota els efectes d'una substància molt tòxica, potser un estupefaent que no hem pogut identificar. Ahir va parlar, després de sopar, just quan vam entrar per donar-li la darrera dosi de medicament i prendre-li la pressió. Va assenyalar el vidre, la nit fosca, i va pronunciar un parell de frases. Nosaltres li vam dir que no l'enteníem, i ell va insistir. Potser ho va repetir tres o quatre cops. En veure que no l'enteníem, va somriure, com si ho donés per perdut, i va tancar els ulls. Es va adormir de seguida.

—No era cap llengua romànica o anglosaxona?

—No ens ho va semblar. Jo, si ho hagués de relacionar amb algun parlar, diria que es tracta d'una llengua eslava, com ara el polonès, o l'hongarès...

—Vostè coneix aquestes llengües?

—Oh, no. Només em sonen de les pel·lícules, i d'un cop que vaig estar a Budapest.

Visitem el segon avi. Li estan fent un reconeixement en una sala de cures. Hipotèrmia, pèrdua de memòria, efectes d'una droga potent i desconeguda... un cas clavat a l'anterior.

—No hi ha denúncies, no hi ha pistes, no hi ha res... —es lamenta l'inspector gratant-se la barbeta.

—Algú porta els avis fins a la costa —sento que rumia en Max en veu alta—. Algú que vol desfer-se d'ells, o algú que pretén ajudar-los, perquè sap que els vells volen ser aquí, a la platja... Tot ha de tenir una causa. I tots els vells arriben en estat de xoc, o drogats...

L'inspector rep una trucada al mòbil. Escolta el missatge i es limita a contestar amb monosíl·labs.

—Ha aparegut el tercer. Una dona. A la platja de Sant Pere Pescador —ens informa mentre desa l'aparell a la butxaca de l'americana—. Sembla que això no s'atura.

Hi anem en el nostre cotxe. En Max està segur que tots els avis vénen del mateix lloc i que possiblement han estat vagarejant alhora, només que els han trobat en temps diferents, potser perquè aquests dos darrers han restat amagats des d'ahir.

—Si n'hi ha més i no els trobem avui —diu—, vés a saber si defalliran de fred i gana. Aquesta gent no té edat per aguantar una segona nit al ras.

La situació que trobem a Sant Pere és similar a la d'aquest matí a Empuriabrava. La dona és dins de la furgoneta de la policia i està sent auscultada per un metge de l'ambulatori del poble. Ha patit un atac d'histèria quan els policies l'han volgut fer entrar a la furgoneta, ja que, aparentment, volia continuar caminant per la platja. Estava xopa i tremolava, però tot i així no volia que ningú l'ajudés, com si tingués molt clar què hi feia allí i pretengués continuar fent-ho. El metge li havia injectat un sedant per tranquil·litzar-la.

La novetat que celebrava l'inspector era l'existència d'una bossa de mà que duia la dona en ser descoberta. Mentre es negava a les exigències de la policia, estrenyia fortament la bossa contra el seu pit i no deixava que ningú la hi agafés. Finalment, ja dins del vehicle, havia desistit i ara s'inspeccionava el contingut de la bossa de pell, completament xopa igual que la seva propietària. No hi havia cap document d'identificació, però sí un moneder, un pintallavis, un clauer amb claus, una fotografia d'un home jove i una targeta de l'hotel Mediterráneo de Roses, en la qual algú havia escrit un número que podia pertànyer a una habitació. L'inspector truca ràpidament a l'hotel i parla amb el director. L'habitació 403 està ocupada per una parella de jubilats de Ciudad Real que formen part d'un grup que ve del centre d'Espanya. Els dos avis són a l'hotel, sans i estalvis, fent temps a la terrassa abans de dinar. El director, seguint les ordres de l'inspector, fulleja en el registre de clients les darreres persones que havien ocupat la 403 els darrers mesos. Fa quinze dies s'hi havien estat dues dones, també pertanyents a un grup, i que provenien d'Alemanya, d'una regió anomenada Sauerland. El director de l'hotel lletreja el nom de les dues turistes: Hanna Matteus i Else Marie Müller. Un policia fa una fotografia polaroide a la dona de la furgoneta i de seguida es trasllada a l'hotel de Roses per si algun treballador la reconeix.

En Max demana la gravadora a un policia i introdueix la minicinta en què enregistra les seves observacions. Com sempre, ho fa donant voltes a la furgoneta mentre els agents i jo provem d'interrogar la dona, que plora i vocalitza paraules que no entenem. El seu aspecte és europeu, podria ser una de les alemanyes que s'hostatjaven al Mediterráneo de Roses, però no reacciona de cap manera quan se li fan les preguntes en alemany que un policia llegeix fonèticament d'un manual: si la dona és realment alemanya, sembla que ha oblidat la seva llengua.

—Això és un aspecte que cal tenir en compte —sento que diu en Max amb la gravadora a pocs centímetres dels llavis—. El problema dels avis nàufrags és la pèrdua de la memòria, circumstància que explicaria per què no reaccionen davant de cap llengua. Potser no vénen de països llunyans, sinó que han perdut les nocions apreses i són incapaços d'entendre res del que se'ls diu.

—En Max té raó —dic a l'inspector—. Possiblement aquesta gent no ens entén, perquè estan sota els efectes d'alguna substància, o perquè se'ls ha practicat alguna manipulació al cervell.

L'inspector em mira de reüll.

—No em sembla lògic que algú es dediqui a malmenar el cervell dels avis. No entenc quin benefici en podria treure, d'això —murmura l'home abans de fer un parell de trucades des del mòbil.

A mi hi ha moltes coses que no em semblen lògiques, però fa temps que em dedico al món de la investigació i tinc prou experiència com per afirmar que tot és possible, que la idea més inversemblant pot ser certa i que hi ha gent en aquest món disposada a tot amb la finalitat d'obtenir-ne algun profit.

En Max entra a la furgoneta per demanar la fotografia que s'ha trobat a la bossa de la dona.

—Es tracta d'un home jove, d'uns vint anys o una mica més, occidental, segurament europeu. Té els cabells de color castany clar i mostra un somriure amplíssim de dents blanques. Té els ulls mig aclucats per efecte del riure, una pell pigallada i sana, i una arracada de plata en forma d'anella a l'orella dreta. A la cara posterior de la fotografia hi ha una dedicatòria en alemany: «Grüsse von Kalman», que vol dir 'Records d'en

Kalman', que ben segur és el nom del jove de la fotografia.

—Potser es tracta del seu nét —comenta un dels policies, que s'ha acostat a nosaltres i observa la fotografia des de darrere l'espatlla d'en Max. Tot seguit prem amorosament el braç de l'àvia, que, amb els ulls ben oberts, treu el caparró del garbuix de mantes que la cobreixen—. Kalman. Kal-man. Qui és Kalman? El coneix, senyora?

L'àvia obre més els ulls i allarga una mà d'entre les mantes per agafar ben fort el braç del policia.

—Kalman? Kalman? —pregunta.

—Sí, Kalman —confirma l'agent—. Ho heu sentit? Ha dit clarament Kalman!

—Kalman... Kalman... —insisteix la dona, i s'enfonsa en un plor desesperat.

—La dona reacciona al nom de Kalman, que podria ser el seu nét. El jove de la fotografia està molt content, i aquesta alegria contrasta amb l'estat en què es troba la seva suposada àvia —comenta en Max amb la gravadora prop dels llavis.

L'inspector rep una nova trucada al mòbil. Quan penja s'acosta a nosaltres.

—La tenim. És una de les alemanyes del Mediterráneo. Vaig a entrevistar-me amb el director.

—Podem acompanyar-lo, inspector?

—Sí. No em fa res que vingueu.

En Max treu la cinta, torna la gravadora i ens dirigim cap al cotxe.

—Passem abans per una botiga d'electrodomèstics. Estic fart de demanar l'aparell cada vegada que el necessito.

Condueixo jo, mentre en Max expulsa el fum del cigarret a través de la finestra oberta.

—Un dia d'aquests, deixaré de fumar —anuncia.

—Fa anys que ho repeteixes cada dia.

—Potser això de la insistència és un pas endavant —diu abans de fer una pipada—. Si més no, quan ho faci n'estaré ben convençut, després de dir-ho tantes vegades...

La música s'ha aturat de cop i quan he obert els ulls he buscat un cigarret a la mà d'en Max.

—Em pensava que fumaves.

—Jo? No fumo mai, ja ho saps.

—I com és que fumes allà?

—Qui fuma?

—Tu fumes —li he dit—. Gairebé cada cop que pugem al cotxe encens un cigarret, i no deixes mai de dir que aviat ho deixaràs.

—No he fumat en ma vida. I tampoc no fumo en la meva experiència.

—No fumaves?

—No. Tu m'has vist fumar?

—Tota l'estona, noi —he insistit—. Fumes com un carreter!

—Hi ha alguna cosa del programa que no controlem encara —ha dit.

Ens hem aixecat de les butaques i hem tornat a la sala per admirar la gran quantitat de menjar que ha deixat la seva mare. Hem devorat dos entrepans i uns pastissets de maduixa.

—Vés a casa i deixa els teus pares enllestits. Després torna i estarem tota la nit connectats al MAX.

—Això mateix...

—I demà passem d'anar a classes. Estem malalts! Estem molt malalts!

—Demanaran una inspecció visual. El director connectarà la càmera.

—Ets pessimista i negatiu en tot, Aleix! Per a tu tot ha de ser lògic, coherent i metòdic. No deixes oportunitats a la imaginació!

—Ah no? I el joc? No ens passem hores vivint coses que no són?

—Precisament! Precisament això és el que no entenc! És com si tinguessis doble personalitat: l'Aleix del dia a dia i l'Aleix del joc. Per què no deixes que de tant en tant es confonguin?

—He de tornar a casa —li he dit, tallant-lo—. Descansa, noi, i fes els deures abans de connectar-te a qualsevol lloc. Fins demà a l'escola.

Al carrer he mirat el rellotge i m'he adonat que era tardíssim. No pateixo mai pels pares; si més no, sé que ells no pateixen pel meu retard. Ells estan enganxats a la pantalla i no mirem mai l'hora que és.

El barri on viu en Max està relativament a la vora del meu, s'hi pot arribar a peu o en bici. He pedalejat a poc a poc, observant la gent que em creuava. Hi havia persones que s'estranyaven de veure'm sol pel carrer a aquestes hores, però he pedalejat com si no m'adonés de la seva estranyesa i evitant pensar el perill que la meva solitud comportava. Una dona duia un vestit de cuir negre arrapat a la pell, amb màscara i botes altíssimes. Duia un cadell de fox terrier als braços. També hi havia dos homes idèntics que no devien ser bessons: no he entès mai aquesta moda gai d'imitar-se, de, fins i tot, fer-se intervencions quirúrgiques per assemblar-se a l'altre; jo sempre em pregunto quin dels dos membres de la parella accepta la transformació i deixa de ser ell per convertir-se en l'altre. La professora de medi ambient té una doble. Ho sabem, perquè alguns cops ve a buscar-la en cotxe o en moto, i sempre dubtem de quina de les dues és l'autèntica professora, i ens preguntem si abans la professora era com és ara o si era diferent. En Max diu que és de mal gust demanar a una parella d'iguals qui és l'original i qui és la còpia. De fet, només ho poden saber els que els han conegut abans.

Hi ha hagut un accident al carrer de l'Onze de Setembre, i una ambulància amb els llums intermitents carregava dos cossos embolicats amb plàstic. Quan he passat per davant del portal del número 16 del meu carrer, una dona gran m'ha demanat si volia píndoles, i li he dit que no.

Com és habitual, he trobat els pares davant de la pantalla, i la mare ha somrigut en veure'm. Els he fet un petó al front i he anat directament a la cuina. Al vespre no demanem càtering, i solem aprofitar les restes del dinar o bé escalfo alguna cosa al microones. Del dinar no ha sobrat pràcticament res, avui devien tenir gana, i per això he tret unes racions ultracongelades de pasta a la bolonyesa i les he escalfat. M'he tret la roba i m'he posat el pijama i les espardenyes d'estar per casa abans de parar taula. Encara que els fa mandra seure a taula com abans, els pares s'esforcen i accedeixen a fer-ho, perquè saben que necessito algun punt de referència familiar, i aquest punt és l'hora del sopar asseguts tots tres a taula, sense pantalla. Normalment no diem res, però em fa l'efecte que som una família.

—A taula!

La mare s'ha aixecat del sofà de pressa i ha dit que anava a rentar-se les mans. El pare ha trigat més a reaccionar.

—Pare! El sopar és a taula!

M'hi he apropat i li he posat una mà a l'espatlla, i aleshores ha reaccionat.

—Has tornat a fumar molt. Em veuré obligat a amagar-te els cigarrets com abans.

—No, sisplau! —m'ha suplicat.

—Doncs te'ls hauré de racionar.

L'únic moment que m'incomoda del sopar és just després de seure a taula, quan el pare i la mare llancen una llambregada a la quarta cadira, la que resta cada nit buida. La mare em mira com demanant-me si la quarta persona vindrà, i jo sempre li dic que no amb el cap, i de seguida els demano si volen aigua i els serveixo el menjar. El quart membre de la família és la meva germana Mar, que fa anys que se'n va anar i que no ha tornat més. Jo encara era un nen, però la recordo bé. Potser no l'enyoro tant com ells, és clar, però sovint em vénen flaixos de la nostra anterior vida en comú, de quan ella em feia jugar i jo l'estimava. No tinc res a retreure-li ni res a perdonar-li. Ella va voler marxar. Sovint, quan en parlem, en Max em contradiu, i al·lega que la meva germana no em va preguntar mai què em semblava la idea de deixar-me tot sol amb els pares. Jo li dic que ella no sabia aleshores com acabarien els pares, però en Max opina que sí que ho sabia i que segurament per això va marxar. No ho sé, ni ho sabré mai, si no és que torna algun dia.

—Ha anat bé l'escola, Aleix? —m'ha preguntat la mare.

—Molt bé, mare. Avui hem après un munt de coses noves.

—Has d'aprofitar totes les classes, fill.

—Sí, mare.

El pare no alça mai els ulls del plat quan menja.

—Que heu vist algun programa interessant avui? —els he preguntat.

—Sí, sí, és clar. Molts programes interessants, fill.

He esperat uns segons a veure si la mare continuava.

—Quins, per exemple? —li he demanat, ja que ella no deia res.

—Doncs... no ho sé... Molts, Aleix... però ara no en recordo cap d'una manera especial...

—Si us ho heu passat bé..., això és el que compta.

—I tant. Ens ho hem passat molt bé, no pateixis.

Els pares han tornat a la pantalla quan han acabat de sopar. He desparat taula i he posat els plats i els gots al rentavaixella. A continuació he apagat el reproductor d'imatges, he portat els pares a la seva habitació, els he fet un petó de bona nit i m'he tancat a la meva. Davant de l'ordinador he comprovat que en Max no estava connectat; per tant, devia estar jugant o en un xat. Em va prometre que no jugaria mai al MAX sense mi, si més no, no entraria a les simulacions que vivim conjuntament. He fet els deures a la pantalla i els he enviat a l'escola. Després he mirat un tros d'una pel·lícula antiga. Als vespres em ve de gust veure trossets de pel·lícula, però mai una de sencera. Al llit provo de llegir una estona un llibre dels d'abans, però habitualment em venç la son i em quedo clapat de seguida.

2

A primera hora, mentre la majoria fèiem matemàtiques i lògica a la pantalla, en Max s'ha dedicat a buscar dades verídiques per a la simulació. Ha descarregat moltes pàgines a la seva carpeta, i les hem estat comentant a l'hora d'esbarjo.

—Això són plànols de la zona tal com era abans. La ciutat, els pobles del voltant, els carrers, les places, les entrades i sortides d'autopista. Dóna-hi una ullada. Això —m'ha explicat assenyalant una segona carpeta— són exemplars, triats a l'atzar, d'un diari d'aquell temps. Parlen de coses que passaven, esdeveniments, festes. També hi ha molts anuncis publicitaris, moltes adreces i telèfons, i articles d'opinió. En una altra pàgina he trobat les notícies de la comarca, que de vegades són fruit de notícies més generals, de fets que van passar fora de la zona. No ho sé, mira-t'ho. No he pogut trobar cap adreça electrònica de la policia ni de cap investigador privat. Potser les van esborrar, o estan sota protecció i resulten inaccessibles.

—Ho consultarem des de casa i ho afegirem a la base de dades. Et felicito, Max. La que no sé si et felicitarà gaire és la professora de llengua... —li he dit quan he vist que la dona s'acostava a nosaltres.

—O sigui —ha començat la professora amb els braços en nanses— que durant la classe el senyor Max Oliva està completament absent de la pantalla general i no segueix la lliçó, però a l'hora d'esbarjo, quan ell i el seu amic haurien d'estar al pati devorant un esmorzar, es queda a l'aula i... aprofita? Es pot dir així? Aprofita el temps? Fa tot allò que no ha fet durant les hores lectives! Així no pots continuar, Max Oliva. He parlat amb el tutor i aviat cridarem els teus pares.

A fora, la Lua i la Marta estaven assegudes en un racó amb el portàtil a la falda, mirant fotografies dels actors de la pel·lícula de moda. Ens hem assegut amb elles.

—En Max s'assembla una mica a en Philipp Bacon! T'hi havies fixat, Lua? —ha exclamat la Marta, observant alternativament la imatge en pantalla i en Max—. D'aquí a deu anys seràs com ell, noi!

—No ho crec pas —ha dit en Max.

—T'ho dic de debò! Teniu una retirada.

—A mi tampoc no m'ho sembla —he dit—. En Max amb deu anys més no s'assembla gens a aquest paio.

—I tu com ho saps? —m'ha preguntat la Lua.

—Me l'imagino força diferent. En Max no serà tan rossenc com és ara. Amb el temps se li enfosquirà el cabell, n'estic segur.

—Jo també ho penso —ha dit en Max—. Seré més alt i més moreno que aquest mitja merda.

—Mitja merda? Consideres aquest regal dels déus un mitja merda? Tu no saps de què parles, brètol!

Totes dues estaven penjades per aquella trepa de comediants americans: col·leccionaven fotografies i pertanyien a un club de fans a través de la xarxa. Ni en Max ni jo no havíem vist encara la pel·lícula, i la veritat és que no teníem cap intenció d'anar-la a veure.

—Només mirant-los la cara, se me'n van les ganes —deia en Max.

Elles no ho entenien de cap manera.

—Quin parell! Un que només mira pel·lícules d'assassinats i l'altre, trossets de pel·lícules que ha vist mil vegades!

—No són d'assassinats —la corregia sempre en Max—. Són investigacions criminals.

—Digues-li com vulguis. Sang i fetge. Com si no en veiessis prou cada dia, de tot això.

—Doncs precisament per això, perquè no en veig cada dia.

—Ah no? I això què és?

I la Lua obria una pàgina de diari a la pantalla i llegia en veu alta els titulars:

—«Detenen a Lió l'assassí de set dones», «Moren dinou immigrants sota les calderes del buc d'un transbordador a Marsella», «Troben morta una dona a casa seva després de ser apallissada brutalment pels seus fills», «Tres militars agermanats per un orde esotèric assassinen els fills respectius en una cerimònia ritual»... Tot és el mateix! Si vols crims només has de convertir-te en policia!

De fet, aquest era el somni d'en Max. Convertir-se no en un poli normal, sinó en un investigador privat, en un detectiu, en un sergent de la policia criminal o en un investigador mèdic forense. Però per arribar a treballar en una d'aquestes professions apassionants, era necessari superar tots els cursos de l'escola, i passar tots els exàmens, i accedir a la universitat. La seva actitud negativa i passiva envers l'aprenentatge l'obligava a admetre que tot allò que desitjava era inassequible. Si no era capaç d'estar atent a les classes, i de presentar els deures i els treballs encomanats, com podia aprovar un examen o accedir a una universitat?

—Seré un investigador intuïtiu i autodidacte.

Per això ens entrenàvem amb el MAX.

Hem dinat al menjador de l'escola, al costat del vidre, contemplant com aquells homes rastrejaven i esporgaven un tros de terra el doble de gros que el d'ahir.

—Se'ls ha escapat algun residu i han acordonat una zona més ampla —he comentat.

—Si no vigilen una mica, contaminaran tot el barri.

Hi havia més curiosos que ahir mirant a través del vidre precintat, i fins i tot, quan ja estàvem atacant les postres dels menús *Victoria* i *Chillie*, respectivament, s'ha acostat el director acompanyat de dos professors i el cap d'estudis i han romàs uns minuts en silenci seguint amb els ulls les evolucions dels homes i les seves eines. «No ha telefonat ningú d'urbanisme ni de sanitat?», hem sentit com preguntava el director. Després han marxat sense dir res, i les cambreres han ocupat l'espai que el director i els professors acabaven de deixar lliure per observar, amb la mà tapant-se la boca, aquell misteri del camp contaminat.

—No n'hi ha ni un pam de net! —ha dit en Max mentre ens aixecàvem i anàvem a desar la safata del menú—. No m'estranyaria gens que d'aquí a uns dies haguessin de tancar l'escola com fa sis mesos.

En Max ha anat a jeure a la sala de relaxació i jo he preferit anar a buscar la Lua i la Marta per xerrar sobre els exàmens del mes vinent. Amb elles, al pati de dalt, hi seia en Biel Màrquez, un company de curs amb qui en Max i jo no manteníem relació. Tots tres miraven la maleïda pàgina dels actors americans, i en Biel es mostrava tan entusiasmat com les noies amb les fotos de la pel·lícula.

—L'he vist tres cops, i la tornaria a veure ara mateix! Flipo amb totes les escenes, us ho dic de debò. Deu ser fantàstic ser americà i poder fer pel·lícules a Nova York...

—Hola, Aleix —m'ha saludat la Marta—. Què fas tot sol sense en Max?

—És a la sala de relaxació.

En Biel ha callat quan m'ha vist arribar.

—A en Biel també li agrada la pel·lícula. Els únics estranys sou vosaltres dos, noi!

—Aquest nano —ha explicat la Lua a en Biel— encara no l'ha anat a veure. Però a casa seva veu moltes pel·lícules velles a trossets...

—No em sembla una cosa tan estranya... —li he dit—. Hi deu haver molta gent que ho fa.

—Ah sí? Doncs jo no conec ningú!

—Els crítics de cinema, per exemple. Per poder comentar una pel·lícula l'han de veure mil cops i fixar-se en molts detalls. Però em sembla que en aquesta pel·lícula vostra no hi deu haver massa detalls per apreciar...

—Sí, és clar —ha remugat la Lua—, no hi ha gaire

sang, ni crims, ni totes aquestes porcades que us agraden a vosaltres!

—Sí que n'hi ha un, de crim —ha intervingut en Biel.

—Però no és important per a la trama —l'ha corregit la Lua.

—Hi ha homes al camp ras del darrere, Aleix? —m'ha preguntat la Marta.

—Sí, encara hi són, com ahir. Sembla que escorcollen una zona més ampla. Segur que demà hi seran els inspectors de Sanitat i els de Medi Ambient.

—Si tornen a tancar l'escola —ha anunciat la Lua— la mare em portarà a un altre centre. Diu que ja n'està farta, i que només li falta patir per la seguretat de la seva filla mentre és a classe.

—La teva mare és una exagerada —ha comentat la Marta.

En Max s'ha passat les hores de la tarda introduint a la nostra base de dades tot allò que ha trobat durant el matí.

—Si la seva actitud no canvia, Max Oliva, em veuré obligat a portar-lo al consell escolar! —he sentit com l'amenaçava el professor d'ètica i pensament.

—S'haurà de posar a la cua —li ha contestat en Max sense treure els ulls de la pantalla.

Quan hem arribat a casa seva hem atacat la taula del menjar. Continuava gairebé tan plena com ahir, només que la dona de fer feines havia cobert els plats i les safates amb plàstic transparent perquè es conservessin millor els aliments. Hem agafat un parell d'entrepans i un pastisset, i de seguida hem anat a l'habitació.

—Bona tarda, MAX —ha saludat en Max mentre premia l'interruptor i em passava els auriculars.

M'he assegut a la butaca i he tingut temps de clavar una darrera queixalada al pastisset abans de sentir la música i el missatge de benvinguda. El procés de la hipnosi és com un sedant i es relaxa tota la musculatura. La sensació és que el teu cos s'acomoda a la forma de la butaca, com si aquesta et xuclés i tu et deixessis xuclar...

El director de l'hotel Mediterráneo ens rep al vestíbul. Es tracta d'una construcció no gaire alta, a la qual s'accedeix pujant uns esglaons de pedra. La recepció és amplíssima, i darrere les noies que feinegen al taulell s'obre un finestral enorme, de banda a banda de la paret, que emmarca el jardí de l'hotel, les piscines, els bars i els camps de joc. A l'estiu allò deu ser com una pantalla de cinema amb dones amb biquini, nens llançant-se des del trampolí i matalassos d'aigua. Ara, però, només es veuen jubilats asseguts a les taules rodones prenent refrescos i jugant a la petanca.

L'inspector en cap saluda el director de l'hotel i ens presenta. Tinc la sensació d'haver estat abans aquí, però no sabria dir quan ni en quines circumstàncies. El director ens convida a passar al seu despatx i ens mostra les fitxes de les dones que s'hostatjaren a la 403 i les fotocòpies dels seus passaports. Recorda les dues alemanyes, que formaven part d'un grup bastant nombrós que venia d'Attendorn, no gaire lluny de Colònia.

—Eren bona gent, gent sana. Duien una guia molt bona, a qui coneixem, i no vam tenir cap problema amb ningú —ens explica el director—. M'he entrevistat amb els cambrers i les noies de recepció, que tenen tracte més directe amb els clients. En tinc un parell esperant a l'snack-bar per si els volen interrogar.

El director truca per una línia interna, i de seguida es presenten al despatx un home i una dona joves. Ell és àrab, però parla molt bé el castellà. Treballa de cambrer al restaurant i ens diu que va parlar sovint amb les dues dones, que sempre seien juntes a l'hora de dinar. Una d'elles, la més desimbolta i que acostumava a fer bromes sobre el menjar i sobre els altres avis, parlava un castellà bastant acceptable. L'home, avergonyit, confessa que semblava que la dona volgués seduir-lo. El director s'escura la gola i precisa que aquest tracte afable és habitual, que molts clients vénen a passar-s'ho bé i que potser fan o diuen coses que al seu país no dirien o farien. El cambrer s'afanya a corroborar-ho i treu importància al fet en observar com el director es mostra incòmode davant d'aquest comentari aparentment desafortunat. A en Max se li escapa el riure.

—Els agradava molt Dalí. Recordo que van visitar el museu de Figueres amb el grup i van tornar entusiasmades.

—La parladora i simpàtica era la de la fotografia que els hem mostrat? —pregunta l'inspector.

—No. La dona de la fotografia era l'altra, la tímida. De tota manera, va ser la que em va deixar propina el dia que van marxar.

—Van marxar amb la resta del grup? —pregunto.

El director diu que sí, que, si més no, no es va denunciar cap incidència per part de la guia quan van abandonar l'hotel. L'inspector agafa les dades de la guia i de l'agència de viatges. Truca des del mòbil i dóna la informació a la central.

—Poseu-vos en contacte amb aquesta gent —ordena.

La noia jove treballa a recepció i és catalana. També

recorda les dues dones, i com que parla una mica d'alemany, va mantenir amb elles breus converses sobre el temps i el poble. Igual que el cambrer, recorda que una d'elles era més extravertida que l'altra, i encara que no treballava quan el grup va marxar, confirma que no hi va haver cap problema.

—El grup estava sencer, si no la guia ho hauria comunicat a la companya que estava de torn.

Ens acomiadem del director i l'inspector ens convida a fer un cafè en un bar que hi ha a la vora.

—La nostra dona es diu Hanna Matteus, i va marxar de Roses el dia 14. Pel que sembla va marxar amb el grup de jubilats amb el qual havia viatjat des d'Alemanya, i de bracet, és un suposar, de la seva extravertida amiga Else Marie...

—Extravertida i seductora de cambrers —puntualitza en Max, i l'inspector i jo riem.

—Això mateix —continua l'inspector fent l'ullet—. Aparentment marxen totes dues, pugen a l'autocar, i no en sabrem res més fins que no parlem amb aquesta guia o amb algú de l'agència de viatges que va organitzar l'excursió a Roses. Els fets, però, són els següents: marxen el dia 14 de Roses, i quinze dies després, el dia 30, Hanna Matteus apareix en una platja a la vora d'aquí, perduda i molla. Ara, segons hem comprovat amb els nostres propis ulls, la dona ni tan sols recorda qui és. Té una bossa de mà, una clau, i una foto d'un jove que podria dir-se Kalman. Aquesta és la situació, amics, i qui hi vegi una explicació lògica que m'ho faci saber.

En Max i jo li fem costat, i confirmem que d'explicació lògica no n'hi ha cap, com no sigui que la dona s'hagués perdut durant el viatge de tornada.

—Fan una parada abans de sortir de Catalunya, possiblement a l'àrea de servei de la Jonquera. Allí la Hanna se separa misteriosament de la seva estimada, extravertida i seductora amiga Else Marie i es perd. Ningú no la troba a faltar, ni la guia, ni els companys, ni tan sols la seva inseparable Else Marie, perquè en aquest cas s'hauria cursat una denúncia per desaparició, i hi hauria hagut una investigació policíaca, cosa que no és així, ja que estem en contacte amb totes les comissaries del país. Per tant —parla l'inspector tot bevent glops de cafè—, la Hanna es perd i ningú no la busca. Vés a saber si es trasllada, com una ànima en pena, de la Jonquera a Sant Pere Pescador. Com? No ho sabem. A peu? De fet en quinze dies té temps de venir caminant des de la Jonquera fins aquí. Però la senyora Hanna té gairebé setanta-cinc anys, i em sembla força improbable una excursió d'aquesta magnitud...

—Algú la porta —intervinc jo.

—Això és el més raonable. Algú la porta. O no, millor encara: algú la torna. La torna aquí. Per què? Què hi ha vingut a fer, aquí, si no és solament turisme? Segons el cambrer, les dones semblaven entusiasmades amb Dalí. Qui ens fa suposar que no solament venien a gaudir de la cultura, la cuina i l'oci empordanès?

—La fotografia del noi, i el nom que crida —diu en Max.

—D'acord. Un noi. Un nom. I si aquest nom és el de la persona que la va tornar des de qui sap on? I si l'anomenat Kalman és qui la va abandonar enmig d'una platja, morta de fred i sense menjar?

—No és una idea que es pugui descartar... —dic.

—Res no es pot descartar —confirma l'inspector, i ens

convida a un cigarret, que en Max accepta i jo no—. Però res no té gaire lògica. Això és un embolic.

—Si més no, rebrem alguna impressió de la guia del grup. Ella ens podrà aclarir si la Hanna va tornar realment a Alemanya. Perquè el trajecte des d'allà fins aquí, segur que no el va fer a peu... —riu en Max.

L'inspector s'acaba el cafè. Paga al taulell i sortim al carrer. Ens acomiadem i ens promet que telefonarà quan sàpiga alguna cosa. Anem cap al cotxe, i descobrim, abans d'arribar-hi, que mig amagat darrere d'un contenidor ens espera el cambrer marroquí de l'hotel Mediterráneo. Se'ns acosta vacil·lant, donant cops d'ull a dreta i esquerra per si el veu algú de l'hotel.

—M'agradaria parlar amb vostès. No són policies, veritat?

—Som investigadors privats.

—Això està bé. Podem entrar al cotxe? Podem anar fins a la platja, per exemple?

En Max i jo ens mirem, però evitem qualsevol ganyota que pugui atemorir el noi. Pugem al cotxe i avancem uns metres. El cambrer, des del seient posterior, es gira un moment i quan verifica que l'hotel ja no es veu, comença a parlar.

—Hi ha un detall que no els he comentat abans.

—I per quin motiu concret no ho ha fet?

—Bé... —S'excusa, somriu, tus una mica.— De fet, els motius són dos.

—Comencem pel primer, si li sembla.

—Doncs... que m'ha semblat que tant el director com el policia no han fet bona cara quan he insinuat les intencions seductores de la senyora alemanya.

—I el segon?

—El segon... bé, jo visc aquí, amb la família, però... vull dir que acaben d'arribar un parell de familiars del Marroc... i, és clar, encara estan sense papers... i per això... jo i la policia no... no sé si m'explico...

—Ho entenem. Ara podria començar a explicar allò que no ha volgut dir abans.

—Sí, és clar —fa el noi, i es grata el cap, i la barbeta, i s'escura la gola, i pregunta si ens importa que fumi, i en Max diu que no, i el convida a un cigarret.

—Vol que caminem o està bé aquí, al cotxe? —li pregunto.

—Oh, aquí està bé —diu mentre apropa el cigarret a la flama de l'encenedor que li acosta en Max.

Aparco al costat del passeig marítim, i tant en Max com jo ens girem i recolzem els braços sobre els respatllers per escoltar allò que ens ha de dir el noi.

—La senyora Else Marie em feia insinuacions, diguem-ho així, per una raó. Això és el que no he pogut explicar abans.

—Quina raó?

—Resulta que la seva amiga, la senyora Hanna, havia... lligat a Roses. Sí, ho podríem dir així. Else Marie m'ho va explicar al cap de dos dies, durant un sopar que va fer sola a l'hotel, ja que la seva amiga se'n va anar a sopar amb... l'altre.

—Un home del poble?

—Això no m'ho va dir. Em va explicar que la tarda abans havien conegut un senyor molt elegant i atent, que les havia convidat a un cafè a Roses i que havien estat passejant pel poble. Com que ella, l'Else Marie, parlava bastant bé el castellà i l'altra no, em va estranyar que al sopar hi hagués anat l'altra dona sola.

«És que sembla que s'agraden», em va confessar. I després es va lamentar que què faria ara tota sola, que qui l'acompanyaria a les excursions... Feia teatre, era molt graciosa. Per això he dit que volia seduir-me. Ho feia de broma, és clar, però en el fons li devia fer por quedar-se sense companya de viatge, m'entenen què vull dir?

—Ho ha explicat perfectament. I escolti... si l'home era del poble i la Hanna no parlava castellà, com es podien entendre?

—Però potser no era del poble. Potser era estranger com elles, i parlava alemany o anglès. Això no els ho puc dir.

—El va arribar a veure, l'home?

—No, mai no el va dur a l'hotel!

En Max i jo ens quedem realment impressionats per la confessió del cambrer.

—I l'altra dona va sortir cada nit?

—No. Només un parell de nits. Després no va sortir més, i l'Else Marie em va dir que allò de la seva amiga no havia prosperat, i va riure.

—Tornava a dormir a l'hotel, la dona, quan sortia?

—No ho sé, jo acabo el meu torn i me'n vaig a dormir a casa. Això potser ho saben les de recepció.

—Bé, de fet van ser pocs dies...

—Sí, potser dos o tres. No més.

—I ens podria dir alguna cosa més sobre aquest amant misteriós?

—No, senyor. No sé res més que això que em va dir l'Else Marie. Ni el nom, ni on anaven a sopar, ni res. Només que va començar i que va acabar de seguida. Mala sort per a la pobra dona... Podria saber el motiu d'aquestes preguntes sobre les turistes alemanyes? El director no ens ha volgut dir res... Només que havíem de col·laborar amb la policia. Ha passat alguna desgràcia?

—No pateixi. No és res greu, però no li ho podem dir. Està sota secret de sumari, que en diuen.

El cambrer ens suplica que no el delatem.

—Si això que els he explicat pot ser útil per a la investigació, me n'alegro, de debò. Però no revelin que he estat jo qui els ho ha dit.

El noi té unes hores lliures abans de reincorporar-se a la feina, i no vol que l'acompanyem a l'hotel.

—Visc a prop. Hi aniré caminant. —Ens dóna la mà, surt del cotxe, i se'n va sense girar-se ni un sol cop.

—Creus que ens ha mentit?

—No. No té cap raó per fer-ho.

El fet que la dona alemanya hagués tingut un amant secret a Roses obre molts camins a la investigació. Primer de tot cal esbrinar si algú de l'hotel havia vist algun cop l'home misteriós i després cal parlar directament amb l'Else Marie Müller, que ben segur ja ha estat localitzada per la policia. En Max i jo decidim no comentar res a l'inspector sobre les revelacions del cambrer.

—234-234-234-234-234...!

Som dins del cotxe. Algú pronuncia i repeteix els tres dígits, que ressonen als nostres caps, però que no sabem d'on provenen, o sí que ho sabem, però abans de decidir res ja no som al cotxe, sinó a l'espai blanc i desolat que vam visitar un cop fa dies, en una partida del MAX, i on ens espera, d'esquena a nosaltres igual que la primera vegada, l'home baixet i grassonet vestit com un pilot militar. La jaqueta li va molt estreta i els botons daurats semblen a punt d'esclatar. Du una gorra de plat amb la insígnia del programa, i mentre es gira cap a nosaltres repeteix «234-234...» com si fos un robot.

L'espai desolat sembla un desert glaçat, però allò que cobreix els nostres peus no és neu, sinó una mena de sorra blanca. L'aire no és fred, al contrari: es tracta d'aire calent expulsat des d'algun calefactor gegant que no es veu, però del qual sentim el brogit del motor.

—Benvinguts! —ens saluda l'home.

En Max i jo estem tan sorpresos com la primera vegada. L'entrevista amb l'homenet de la gorra no és una experiència nova, però la seva presència ens sorprèn tant o més que aleshores. Ho recordem tot, però és com si ho veiéssim per primer cop. Donem una ullada a l'espai desolat, a l'absència de tot rastre de vida, deixant de banda l'homenet, el soroll del motor i les petjades sobre la sorra.

—Han comès una errada en el sistema de joc! —anuncia l'homenet amb un somriure, i just ara recordo que aquestes van ser les primeres paraules que va pronunciar la vegada anterior.

—Quina errada? —pregunta en Max.

L'home es porta les mans al cap sense perdre el somriure. «Que rucs que sou!», sembla que pensa, però fa una ganyota simpàtica, com si en Max i jo fóssim dos casos perduts.

—Les dades! Us heu deixat alguna dada important!

L'home deu ser calb, tot i que no li veiem la closca sota la gorra. Té les mans rodonetes i els dits com salsitxes. Amb els braços en nansa, manté els polzes amagats sota el cinturó de l'uniforme. Els pantalons són del mateix color que la jaqueta i du botes altes de soldat. Hi ha una taca fosca sota el seu ull dret. Una taca que pot ser resultat d'una cremada o una tara de naixement. L'ampla cara pigallada i amb la taca sembla enganxada directament sobre les espatlles, com si l'homenet no tingués coll. Deu fer poc més d'un metre i vint centímetres, i tot aquest perímetre queda retallat sobre la blancor del fons.

—Primer cal fer les comprovacions de rigor —ens diu, i treu un parell de fitxes de la butxaca de l'americana i les llegeix en veu alta—. Jugador 1, Max Oliva Casamajor, quinze anys d'edat real, vint-i-vuit anys d'edat simulada; entra a jugar amb el codi 08-0087361098, enregistrat a la província de Girona el 24 de maig de 2054. Jugador 2, Aleix Ortensi, quinze anys d'edat real, vint-i-nou anys d'edat simulada; entra a jugar amb el codi 08-00873627634, enregistrat a la província de Girona el 3 de setembre de 2054 —l'home deixa de llegir i ens mira als ulls—. És correcte?

En Max i jo assentim amb el cap.

—Aleshores no anem errats! Heu comès una errada en el sistema!

—Rebrem una penalització? —pregunto.

—Segurament no —ens tranquil·litza l'home—, però haureu de fer una readaptació de la simulació per continuar la partida. Són les normes del MAX!

—Hem procurat posar totes les dades... —murmura en Max darrere meu, com si pensés en veu alta.

—Doncs us n'heu oblidat una de força important!

L'home treu unes ulleres fosques de la butxaca. Quan se les posa ens adonem que en realitat no són ulleres, sinó un ordinador amb dues minipantalles sobre les quals llegeix tota la informació.

—Les dades que em consten situen la vostra simulació a principis de segle, a una zona de l'Empordà delimitada entre Girona capital i el cap de Creus. Si hi ha alguna dada incorrecta —ens diu—, corregiu-me, si us plau. La identificació escollida us fa, a tots dos, investigadors privats, amb número de llicència legalitzat. Representa, segons els informes, que teniu una agència de detectius, Agència de detectius Max, o Agència de detectius MAX, això no queda clar a les dades. Bé, tant és. Aquest no és el problema. Segons les bases consultades, a principis de segle les agències privades de detectius, com bé diu el seu nom, eren privades, o sigui, finançades per particulars. La vostra feina, per dir-ho d'alguna manera, no us la paga l'estat o el govern, sinó les persones que acudeixen a l'agència i us encarreguen un cas. Aquí ve la mala interpretació que heu fet de les dades.

En Max i jo provem d'assimilar amb rapidesa la informació que ens dóna l'homenet i que llegeix des de les pantalles bifocals. En Max, de sobte, mentre l'home calla, es porta les mans al cap.

—Òndia! És veritat! Té raó!

—Nosaltres sempre tenim raó, senyor meu. Simular un 234 no resulta gens barat per a la companyia, i quan utilitzem el servei és perquè estem molt segurs del que fem.

—Com ens ha pogut passar per alt una cosa tan important...! —no deixa de repetir en Max, capficat i donant voltes sobre la sorra blanca.

—No hi ha temps per a lamentacions, senyor meu —continua l'homenet—. Han d'afegir la dada fonamental i reestructurar la simulació.

—Però no podem continuar la partida? —pregunto

jo—. Hem d'abandonar el joc per introduir les dades?

—Naturalment! Un 234 no és una falta lleu! S'ha de corregir tan aviat com es pugui!

—Merda, merda! —sento que renega en Max, i de cop, en pocs segons, la sorra blanca s'esvaeix, i som al cotxe, i miro a través de la finestra i encara veig l'esquena del cambrer del Mediterráneo que s'allunya, i de cop sento la sintonia i sóc a l'habitació d'en Max traientme els auriculars de les orelles.

—Merda! —ha cridat en Max, i mentre es treia els auriculars ha premut amb l'índex una icona de la pantalla tàctil.

—Investigadors privats! Si fins i tot la mateixa paraula ho diu! —es lamentava sense apartar els ulls de les successives pàgines que s'obrien.

He mirat el rellotge i he pensat que era una mica tard, que potser no pagava la pena tornar a entrar en el joc. La pantalla sobre la qual en Max treballava constava d'una sèrie de columnes amb dades referents a la simulació del joc. Ha buscat la casella corresponent a la identificació dels personatges, i dins d'aquesta, la referent a la feina que feien.

—Investigadors. Investigació criminal. Investigació privada... —ha llegit tot buscant l'opció correcta—. Això mateix. Investigació criminal privada.

Ha posat el dit sobre la columna escollida i s'ha obert un quadre de diàleg.

—Client —ha llegit—. Ho veus? Hem d'inventar-nos un client. Algú que ens hagi contractat per investigar el cas. No és lògic que estem sempre amb l'inspector sense tenir un client per a qui treballar. Nosaltres no som la policia!

—I quin client ens ha contractat?

—No ho sé. Això ho hem de decidir ara —m'ha dit, alhora que posava el dit sobre la pantalla.

—I si fos la dona alemanya? La companya de l'àvia que han trobat?

—L'Else Marie Müller? La que es volia lligar el cambrer?

—Sí. Per què no?

—No té lògica —ha dit en Max, aixecant-se de la cadira. Ha sortit de l'habitació i ha tornat amb dos entrepans de pernil salat.— No, no té lògica. Nosaltres no en sabíem res, d'aquestes dues dones. No sabíem ni que existien fins que no es va trobar la dona perduda amb la bossa xopa i la targeta del Mediterráneo. No. Ha de ser algú relacionat amb l'aparició del primer vell, o bé algú que ens hagi encarregat la recerca d'un avi que no ha aparegut encara. Per això, quan troben el primer avi a la platja de Roses, nosaltres hi anem per esbrinar si es tracta de la persona que busca el nostre client. Què et sembla?

—Correcte.

—Suposem que és una dona. Una dona filla d'un vell que ha desaparegut. —En Max ho escrivia a la pantalla.— Suposem que el seu... pare o avi... pare, posem pare, el seu pare restava en parador desconegut des de feia tres dies... o no... o sí, tres o quatre dies. Vivia sol, i per això havien trigat més d'un dia a posar la denúncia...

—Trobo que tres dies és massa d'hora per contractar els serveis d'un investigador...

—Tens raó. Una setmana. Feia una setmana i mitja que el vell, o sigui el seu pare, havia desaparegut. I la dona el buscava i havia denunciat el cas a la comissaria de... de Roses.

—OK. De Roses. Un avi de vuitanta anys desaparegut a Roses, OK.

—La dona ens va informar que la darrera persona que va veure el seu pare havia estat un pescador...

—Un pescador?

—Sí, un pescador. Tornava amb una barqueta i el va veure al moll, sí, a l'espigó. El pare de la dona el va saludar amb la mà.

—El coneixia?

—No, va ser un gest de simpatia. Però l'home el va recordar per la descripció que va fer la policia mentre el buscaven. «Jo vaig veure un paio com aquest que diuen fa uns dies, al moll.» Què et sembla?

—OK. Però potser s'havia suïcidat tirant-se al mar.

—Per què?

—No ho sé. Però si era a l'espigó del moll, potser volia tirar-se.

—No, espera. L'avi viu en una residència d'avis, i un bon dia desapareix, s'esfuma. Ningú no ha vist on anava.

En Max teclejava de pressa i havia de recular per reposar les lletres que se saltava. Faltes d'ortografia no en feia cap, perquè escrivia sota la supervisió instantània del més avançat dels correctors ortogràfics.

—Nom de la dona —ha llegit en Max en pantalla—, edat, adreça, professió, estat civil... Quin munt d'informació...!

—I si ho fas després tot sol? Ara no cal reiniciar la simulació, Max. És tard.

—No és tan tard! No és ni la meitat de tard que els altres dies!

—Ja ho sé. Però per un dia que arribi aviat a casa...

—A casa? Què collons hi has de fer, a casa, amb aquelles mòmies?

En Max de seguida s'ha penedit d'haver-ho expressat amb tanta cruesa.

—Ho sento, Aleix. No volia... la meva intenció no era...

Realment la vida és així de perversa. La realitat i la ficció són massa diferents l'una de l'altra, i ara l'investigador privat encarregat de casos de desaparicions i assassinats havia d'abandonar l'habitació del seu amic i tornar a casa seva, amb les «mòmies», com havia dit en Max. L'investigador no té vint-i-nou anys, ni viu sol, ni investiga res. Té quinze anys i es fa càrrec d'uns pares desvalguts i desencantats que no aconsegueixen recuperar la vida de la qual abans havien fruït.

—He de marxar, Max. Ens veiem demà a l'escola.

—Demà és dissabte.

—Sí. És veritat.

—Et faré un truc. Vine a dinar aquí, si vols.

—Adéu.

Abans de sortir per la porta he donat un cop d'ull a la gran taula parada i a tot el menjar que encara s'hi acumulava.

—Potser que congelis alguna cosa abans que es floreixi.

—Ho sento, Aleix. Em sap greu el que he dit abans.

M'he girat. En Max treia el cap per la porta de la seva habitació.

—No hi fa res. Adéu.

He sortit al carrer, i he notat de seguida que no era tan tard com ahir. Encara hi havia gent passejant i entrant a les botigues, i automòbils circulant per les vies i fent cua als semàfors. Un furgó de la policia transportava un grup d'immigrants detinguts: des de la negra penombra de l'interior, una vintena d'ulls espantadissos m'han observat a través del vidre.

En Max va arribar a la ciutat fa un parell d'anys. Venia de Barcelona. Els seus pares en tenien prou, de viure en una gran capital, i van decidir traslladar-se a Figueres, d'on provenia la família del seu pare. Tant en Max com jo teníem dotze anys i ens vam conèixer a l'escola. El fet que hagués viscut tants anys en una gran ciutat cridava l'atenció als seus companys d'aula, jo entre ells. No paràvem de fer-li preguntes sobre les instal·lacions, les centrals d'ordenació i els parcs temàtics virtuals, que encara no existien a Figueres. En Max solia dir que viure aquí no era gaire diferent de viure allà, i no explicava mai res de tot allò que els altres volíem saber. La resta de companys va passar d'ell de seguida, i només la Lua i jo ens hi vam mantenir a la vora. Aviat vam saber que la vida anterior d'en Max seria un secret inescrutable: mai no volia parlar de la ciutat on va néixer, ni de la seva família o dels seus antics amics. El primer dia que em va convidar a casa seva vaig al·lucinar força: aquella gent tenia calés i sabia viure. Els meus pares encara no estaven tan malalts, i els vaig explicar tot allò que havia vist a casa d'en Max, i el pare se'n va riure. «Tants diners i porten el fill a una escola com la teva!» La meva escola no té res d'especial, però no és de les dolentes de la ciutat, i per això em va molestar que el pare fes una observació tan desafortunada. Un altre dia que en Max va sortir a la conversa mentre sopàvem, el pare va dir que no es refiava de la gent que abandonava una ciutat gran per anar a viure a ciutats més petites. «Vénen a alliçonar-nos, encara que es disfressin de llops que estan de tornada de tot i facin veure que admiren les nostres virtuts més provincianes.» Tampoc no tenia raó, perquè molta gent deixava diàriament les grans capitals i decidia viure en comunitats no tan massificades. I la família d'en Max no havia triat un poble aïllat a la muntanya, sinó una ciutat com Figueres, amb història, cultura, comerç i indústria. Les escoles de Figueres són com les de Barcelona, i els restaurants, i els salons recreatius, i els parcs temàtics, i els centres d'oci virtual. Em penso que al pare li dolia el fet que la família d'en Max tingués diners. Ben segur que començava a desenvolupar la depressió terrible que l'enfonsaria poc temps després, i que arrossegaria amb ell la mare, i gairebé a mi i tot, si no hagués estat per la meva força de voluntat i el meu tarannà positiu.

Només he vist dos cops els pares d'en Max: el primer dia que els vaig visitar, i un parell de mesos després, a la festa d'aniversari del seu fill. A partir de llavors, cada vegada que he anat a casa seva, ells no hi són mai, perquè resulta que la vida tranquil·la que buscaven quan van marxar de Barcelona no els va satisfer: sempre són fora, sempre tenen viatges, cites, reunions, congressos i coses així fora de la comarca. Sospito que en Max ha estat més d'una setmana sol a casa, amb la taula parada i plena de menjar, això sí, però completament sol quan no és a l'escola. Jo l'he convidat moltes vegades a casa, però ell no hi ha volgut venir mai més des del dia que va conèixer la meva família. Mai no m'hauria pensat que allò l'afectés tant. I és cert que el meu ordinador no té la capacitat de gigues que té el seu, i que no s'hi poden instal·lar programes d'última generació, però aquest no és el problema. A en Max el va commocionar la visió dels pares davant de la pantalla, que no es van ni aixecar per encaixar la mà que ell els allargava amb molta prudència. Els pares, des del sofà, se'l van mirar avergonyits, sense ni tan sols saludar-lo, i tot seguit van desviar els ulls cap a la pantalla. «Estan tan malalts? No hi poden fer res, els metges?», em va preguntar quan érem a la meva habitació. Jo li vaig explicar que no hi havia res a fer, que havíem acudit a molts especialistes, psiquiatres i metges conductistes, i que havíem visitat un munt de centres de salut. Els pares no volien sortir de la depressió, es veien incapaços de tirar endavant, i tant les teràpies que havien començat com els medicaments que havien pres els havien provocat un dolor irreparable a l'ànima. Aquell dia en Max no va parar atenció als meus llibres ni a les meves pel·lícules antigues, ni va voler jugar amb els meus jocs. «Els teus pares m'han donat mal rotllo», va dir. I des d'aleshores no ha tornat més.

He sortit amb la bici. A la parada de bus que hi ha davant de casa d'en Max, tres minusvàlids es queixaven de dolor i pretenien que jo m'aturés a ajudar-los, però m'han fet por. Tot just començava a pedalejar quan un furgó de la policia s'ha aturat davant de la parada i els agents han demanat la documentació als minusvàlids. A un d'ells l'han detingut, perquè no tenia els papers en regla.

—Circula! —m'ha escridassat un dels polis—. Un nano de la teva edat no hauria d'estar al carrer a aquestes hores!

3

M'he llevat a les nou del matí i he anat a despertar els pares. La mare ha somiquejat una mica, però l'he obligada a sortir del llit i posar-se la bata. Mentre el pare era a la dutxa, ella ha esperat asseguda als peus del llit, mirant distreta la catifa sobre la qual reposaven els seus peus nus. A dos quarts de deu ha vingut la senyora Aisha, la dona que m'ajuda amb les feines i que cobra un sou a través del Departament d'Assistència Social. La senyora Aisha ha portat el pa i ha fet torrades.

Hem esmorzat tots tres a taula, sense dir-nos res. De tant en tant el pare i la mare donaven una llambregada a la pantalla apagada, perquè saben que no la poden engegar fins al migdia. El dissabte la senyora Aisha i jo som allí amb ells, i se n'estan prou, de fer-ho. Després d'esmorzar sortim a fer una volta pel barri mentre la senyora Aisha passa l'aspiradora i frega el terra. Caminem pel parc i seiem una estona en un banc. En aquest parc vaig aprendre a caminar amb l'ajuda de la mare. Ara el parc està tan fet malbé com ella. Ningú no s'encarrega de podar els arbres ni de tallar les males herbes; hi ha dotzenes de persones sense sostre que han construït aquí les seves barraques de cartró.

El pare es posa molt nerviós quan fa estona que és fora de casa, i encara que no diu res, mou tot el cos amb ànsia per avisar-me que ja en té prou, i la mare consulta el rellotge de polsera i compta quant queda per a l'hora d'engegar el reproductor d'imatges. Un dia vaig intentar anar amb metro, però vam haver de baixar a la segona parada, perquè el pare va patir un atac d'angoixa. Anar amb els pares és molt complicat, i si els trec fora és perquè ho prescriuen els metges i els psiquiatres. Quan veig la seva passivitat i les poques ganes de moure's, em vénen ganes de recular, pujar al pis i engegar la pantalla.

Quan hem tornat, el pare s'ha assegut una estona al balcó i la mare a la cuina, fent companyia a la senyora Aisha, que li explicava coses dels seus fills i del seu país, el Marroc, al qual fa temps que no pot anar per les restriccions duaneres. La mare l'escoltava embadalida, sense dir res, i la dona garlava sense parar com si l'altra s'interessés per allò que deia. A les dotze en punt la mare ha deixat la senyora Aisha amb la paraula a la boca i ha sortit de la cuina; el pare ha abandonat el balcó i tots dos s'han assegut davant de la pantalla. A les dotze i cinc segons, el pare ha premut el botó del comandament a distància.

—Dinaràs aquí, Aleix? —m'ha preguntat la senyora Aisha.

—No ho sé. Primer he de fer una trucada.

He telefonat a en Max i l'he despertat.

—Quina hora és?

—Són les dotze tocades, noi.

—Uf... Ahir vaig anar a dormir tardíssim... Vols venir a dinar? Hi ha un munt de menjar fet, ja ho saps...

—D'acord. D'aquí a una hora seré aquí. Dutxa't.

M'he quedat una estona xerrant amb la senyora Aisha mentre ella feia els vidres de la cuina. Ha insistit, com fa cada dissabte, a ingressar els pares en un centre.

—No pots viure com vius, rei meu. No tens edat per suportar aquest drama.

Jo li he dit que no hi havia més remei, i que en el fons els pares em feien companyia.

—Què faria aquí tot sol? Encara seria pitjor.

—Saps que pots venir a viure a casa amb nosaltres. T'ho he dit tres-centes vegades...

—Ja ho sé, Aisha, però prou feina té vostè amb els seus fills com per haver de mantenir una boca més...

—Això no és cap problema!

—Ja ho sé. Però els seus fills la necessiten més que jo... No vull ser una càrrega per a ningú...

—Ets massa bo, Aleix. Massa innocent. El dia que no pugui suportar més veure't aquí, tancaré els teus pares i te m'enduré a casa. I ho faré sense demanar-te permís. Vés-te'n fent a la idea!

He anat caminant fins a casa d'en Max. Quan hi he arribat encara anava en pijama i no s'havia dutxat.

—Ahir al vespre vaig introduir les dades al MAX.

Hem agafat un parell de plats de la cuina i els hem omplert fins a dalt amb tot allò que ens venia més de gust d'entre les varietats que hi havia a la taula i a la nevera. El meu amic m'ha explicat que abans d'anar a dormir va estar molta estona connectat a un xat; que va conèixer una noia i van dialogar força estona, i, finalment, es van trucar i van estar xerrant per telèfon fins a les cinc o les sis de la matinada.

—Pel xat m'havia enganyat una mica, i jo a ella també. Jo li vaig dir que tenia vint anys, i ella em va dir que en tenia vint-i-cinc, però per telèfon... no ho sé, de seguida es va adonar que jo era un nen.

—I no va penjar?

—No. Ella feia veu de més gran, potser en tenia més de trenta.

Ha dit que s'ho van passar bé xerrant, i que fins i tot van fer una mica de sexe per telèfon. Però tot d'una la dona va penjar, sense més ni més.

—Va trucar ella, i el seu número ha quedat enregistrat a l'aparell. Potser un dia d'aquests li torno a trucar. O potser torna a trucar ella.

—O potser no torna a trucar més.

—Sí —ha dit en Max encongint-se d'espatlles—. Potser no torna a trucar més.

Hem devorat uns pastissos gelats boníssims i després, encara amb la boca plena de confitura, hem anat a seure davant de l'ordinador. En Max m'ha allargat els auriculars mentre es passava el dors de la mà pels llavis.

—Som-hi! —ha dit.

He escoltat la sintonia del «Wellcome to the New Experience» i he tancat les parpelles. Rebo una trucada al mòbil de la dona que ens ha contractat. Ens dirigim en cotxe a la comissaria de Roses, on ens espera l'inspector per compartir la informació que ha aconseguit sobre el parador de la turista alemanya que va acompanyar la dona trobada a la platja.

—Senyor Ortensi? Sóc la Margarida Pallissera.

—Bon dia, senyora Pallissera. Volia telefonar-li avui mateix.

—He llegit el diari de la comarca. M'ha sorprès descobrir-hi l'article sobre l'aparició d'uns homes grans a la platja i m'agradaria saber si té relació amb la desaparició del meu pare.

—Per això mateix volia parlar amb vostè, senyora Pallissera, i no li he trucat abans perquè volia confirmar si el cas del seu pare hi té res a veure.

—I què en pensa?

—Doncs no ho sé. Els apareguts són estrangers. Gent gran, això sí, però estrangera. Cap d'ells sembla tenir relació amb la comarca i per això el cas del seu pare és diferent. Però ho estem investigant amb la col·laboració de la policia.

—El meu pare va desaparèixer a la platja...

—Sí, ja ho sé. Però de moment no li'n podem dir res. Els casos recents estan sota secret sumarial i és massa aviat per aventurar hipòtesis.

—Mantingui'm informada, li ho prego.

—No pateixi.

—La policia va fer ahir un nou rastreig per la costa, amb llanxes i bussos. No van trobar res.

—Ho sé...

—Haurien trobat el cos —m'interromp la dona—, les onades haurien portat el cos a la platja...

En Max condueix en silenci. Quan acabo de parlar amb la clienta em demana que posi música.

—Hauríem de passar per la residència on vivia el pare de la senyora Pallissera.

—Un altre cop? —em pregunta en Max.

—Sí, hi ha alguna cosa que se'ns escapa, i no aconsegueixo esbrinar de què es tracta.

Arribem a la comissaria i l'inspector ens convida a un cafè de màquina.

—Vam localitzar la senyora Else Marie Müller, i aquest mateix matí ha agafat un avió per venir a veure la seva amiga i per declarar sobre el cas. Es va quedar parada quan va saber que la Hanna Matteus era aquí.

—Havien tornat juntes a Alemanya?

—Sembla que sí. La Hanna Matteus va baixar a la parada que l'autocar va fer al seu poble, a deu quilòmetres de distància del de la seva amiga. Allí es van acomiadar. Aquella mateixa nit es van trucar per saber com estaven. Segons l'Else Marie Müller, la Hanna havia rebut la visita del seu fill, i van riure molt recordant el viatge. Van quedar que es tornarien a telefonar, però no ho van fer.

—Els va donar alguna explicació del perquè podia tornar a ser a Roses la Hanna Matteus?

—No en té ni idea. Aquesta tarda mateix la interrogarem a l'hospital on està ingressada la seva amiga. Un dels meus homes l'està esperant a l'aeroport de Girona, i la portarà fins a Figueres en cotxe.

En Max i jo ens mirem i decidim no comentar res a l'inspector sobre les revelacions del cambrer. En tot cas, pensem, tampoc no ha revelat res sobre el tema la companya de la Hanna Matteus.

Ens acomiadem de l'inspector i ens dirigim a la residència d'avis. En Max es posa molt nerviós quan ens apropem al geriàtric.

—No suporto aquest ambient de vells decrèpits —rondina abans d'entrar-hi.

—Nosaltres també ens farem vells, Max. És llei de vida.

—Ja ho sé. Però no suportaria acabar els meus dies en un lloc com aquest.

Jo, en canvi, m'hi sento bé. Els avis residents em transmeten molta tendresa i m'agrada aturar-me i saludar-los, i preguntar-los com es troben i si han rebut visites de familiars. La gent gran i sola té dret a viure amb dignitat, i aquestes residències semblen hotels. Allò que en Max qualifica de mortuori o avantsala de la mort a mi em recorda un balneari.

Anem a parlar amb l'encarregada de planta, la que tenia cura del senyor Miquel Pallissera abans que desaparegués sense deixar cap rastre. Ens hem entrevistat moltes vegades amb ella, i em sembla que ens caiem molt bé: ens acostuma a rebre amb un somriure de complicitat. És una noia jove, d'uns vint anys o una mica més, molt trempada i que té la mà trencada a l'hora de tractar els avis malalts. La trobem a la infermeria, distribuint les píndoles que ha de prendre cada avi abans de dinar. Cada resident té un tubet de plàstic amb el seu nom enganxat, i allí disposen les dosis receptades pels metges del centre.

—Ui! Ja tornen a ser aquí? M'alegro de veure'ls, inspectors!

—No som inspectors de policia. T'ho hem dit un munt de vegades! —riu en Max.

—Ja ho sé: sou investigadors privats. Però jo dic *inspectors*, perquè amb les paraules sóc una gandula i sempre dic la més senzilla. Ja he llegit als diaris això dels vells que es troben a la platja. Quina cosa més estranya! Vosaltres esteu buscant-ne un i no el trobeu, i en canvi se'n troben a dotzenes de perduts! La vostra clienta no en voldria pas cap d'aquests? No venia gaire sovint a veure el seu pare, i potser n'hi podeu trobar un que s'hi assembli. Si cola, cola. Cas solucionat i un grapat de calés a la butxaca!

En Max riu amb l'acudit de la noia.

—Tens sentit de l'humor —li dic.

—Quin remei. Ser tot el dia aquí amb els avis malalts o bojos et pot deprimir. Jo crec que la solució és aquesta: agafar-te les coses amb humor. Jo sempre faig broma als vellets, a cadascú la broma que més li escau. Això no ho ensenyen mai a les escoles d'infermeria, i en canvi a mi em sembla una modalitat molt recomanable. *a*) Cal tenir sentit de l'humor i *b*) cal saber amb quin tipus d'humor gaudeix cada persona.

—Sembla un bon sistema!

—Ho és, us ho dic de debò.

En aquell moment passa una dona vella per davant de la porta i la nostra interlocutora fa un crit perquè la senti tothom:

—Qui ha deixat un pal de fregar al mig del passadís?

Les dues noies que hi ha a la infermeria amb nosaltres es giren, i també ho fa la dona que passa.

—Ai, no, perdoneu —s'excusa la cap de planta portant-se una mà a la boca—. No és un pal de fregar; ets tu, Lluïseta —diu dirigint-se a la dona que resta palplantada a la porta—. Vas tan mal pentinada que m'ha semblat que eres un pal de fregar, noia. No vam quedar que aniries a la perruqueria?

Les dues infermeres es posen a riure fluixet, i en Max i jo també ens esforcem per aguantar-nos la rialla. La dona, amb els ulls com taronges, es passa la mà pels cabells despentinats.

—Tan malament els porto?

—Malament és poc, Lluïseta —li confirma la cap de planta—. Puja ara mateix a la perruqueria i no et moguis d'allí fins que no et transformin en la reina d'Anglaterra!

La dona somriu i nega amb el cap.

—Ai, aquesta Leo...! —murmura.

—Ho veieu? —ens diu la noia—. Es tracta de tenir una mica de psicologia. Amb bones paraules, la Lluïseta encara hauria trigat un mes a passar per les tisores!

—La Leo té unes galtes... —ens comenta una de les seves companyes.

Acaba de posar les píndoles als tubets personalitzats i a continuació ens convida a fer un cafè al seu despatx de la primera planta.

—La policia del mar ha rastrejat novament la costa i no ha trobat ni rastre del senyor Pallissera. Nosaltres hem mogut fils en moltes direccions, però no arribem enlloc.

—Jo us vaig dir tot el que sabia.

—També ens vas insinuar que la família d'aquest home no és tan santa com la pinten...

—Això és una opinió molt personal. Aquest home té diners al banc. Ho sé, perquè en Pallissera és un dels que són aquí pagant bitllo-bitllo, vull dir que no rep subvencions del Departament d'Afers Socials. Aquest home lliga, o lligava, els gossos amb llonganissa. I la família no el venia a veure mai. Ni la filla, ni els néts, ni ningú. I ara m'estranya que la filla el busqui amb desesperació i que no en tingui prou amb la policia, sinó que, a més a més, hagi contractat dos inspectors privats...

—Investigadors —la corregeixo.

—Això, investigadors privats. I si ho fa, ja us ho vaig dir l'altre dia, és perquè sospita que el seu pare ha canviat el testament sense que ella ho sàpiga.

—Ens ho vas dir, sí, i vam estar xerrant molta estona amb el seu amic de la residència, el senyor Pau, i ell no en sabia res, de possibles canvis en el testament...

—Jo tampoc no ho sé del cert —diu la Leo—, però ho sospito. Feia dies que en Pallissera en portava alguna de cap. No sé com dir-ho, però la seva actitud no era l'habitual. Anava neguitós amunt i avall, i ens feia preguntes estranyes, de caire pràctic, vull dir, que no tenia per què fer-les: que si volia saber horaris d'autobús o de tren, que si sabíem si a la seva edat podia renovar el permís de conduir, tot i que devia fer un munt d'anys que no conduïa... Preguntes d'aquesta mena. A mi em va pujar la mosca al nas, i penso que la filla té por que s'hagi pogut escapar, i que si no el troba abans que mori, no el podrà obligar a canviar el testament a favor seu, si és que en realitat ho ha fet. I si el troben mort i amb el testament canviat, doncs cagada pastoret, perquè ella es quedarà sense un euro.

—No hi ha hagut modificacions a les escriptures. Tant la policia com nosaltres ho hem verificat.

—Ja m'ho vau dir l'altre dia. Però jo crec que alguna cosa hi ha.

—Continues pensant que va fugir amb una dona?

—No m'estranyaria —diu la Leo.

—Però si té vuitanta-quatre anys! Tu mateixa vas dir que no estava gens bé de salut!

—Però estava bé de la butxaca! I això és important per a una meuca sense escrúpols.

—Però si el senyor Pallissera no sortia mai d'aquí! Es

passava el dia a la residència! On vols que conegués una meuca, com dius tu?

—No ho sé. Però hi ha gent que olora els diners com si fos fum. Casos més inversemblants es deuen haver donat, no?

—Tampoc no hi ha hagut moviment en els seus comptes bancaris.

—Potser no tenia tots els calés al banc. Aquelles generacions que van viure la guerra del 36 s'havien acostumat a amagar les peles sota una rajola...

De cop en Max es posa dret d'un salt.

—No recordes pas una dona estrangera que l'hauria visitat últimament? Una dona alemanya, per ser més exactes. Una dona alemanya ben plantada...

No se m'havia acudit relacionar el senyor Pallissera amb la Hanna Matteus. La Leo, una mica astorada per la reacció d'en Max, fa que no amb el cap.

—No, no. Ni alemanya ni del país. Jo no l'havia vist mai amb cap dona. Ja us he dit que no rebia mai visites...

En Max s'asserena en adonar-se que la seva sospita no va enlloc, i torna a seure amb un gest com de disculpa per haver reaccionat de manera tan impetuosa.

—Bé, no ho sé —dic jo—. Continuarem buscant pistes. Si recordes alguna cosa, o si a algun dels seus companys de residència se li escapa una confidència, fes-nos-ho saber de seguida.

—Ho faré, inspectors.

—Investigadors...

—Això mateix.

—També pots trucar algun dia per anar a sopar... si et ve de gust —afegeix en Max.

La Leo es posa una mica vermella, però contesta de seguida:

—He estat temptada de fer-ho més d'una vegada des que em vas donar el telèfon, inspector, però em sabria greu que a mig sopar t'haguessis d'aixecar de taula per anar a investigar un cas de sang i fetge. Sóc aprensiva a la sang, i no hi ha cosa que em rebenti més que malmenar el sopar a causa d'unes nàusees.

La Leo fa l'ullet a en Max i ens acomiada amb una encaixada.

Dinem en un restaurant de menú i comentem la simpatia de la Leo i la idea de relacionar la senyora Hanna Matteus amb l'avi Pallissera.

—No me l'imagino de galant rondant les alemanyes. I el cambrer va dir que la duia a sopar. No em puc creure que la dugués a sopar a la residència... —dic a en Max, que es mor de riure imaginant-se l'escena.

A les cinc, després de fer unes gestions a Figueres sobre el cas Pallissera, ens acostem a l'hospital. Ens informen que la policia ja ha interrogat la senyora Else Marie Müller i que ara la dona és a l'habitació de la malalta. Davant de la porta ens trobem un guarda de seguretat, que ens reconeix i ens deixa passar.

L'habitació està en penombra, ja que tenen la persiana mig abaixada. La senyora Else Marie, asseguda en una butaca, té encès un dels llums que coronen el capçal del llit on dorm la malalta, i llegeix un llibre. Quan obrim la porta deixa el llibre a la falda i es treu les ulleres. En Max li fa un gest perquè no s'aixequi. De seguida ens presentem i ella ens dóna la mà i ens regala un somriure esplèndid. Parla bastant bé el castellà, tal com ens havia dit el cambrer del Mediterráneo, però li costa una mica d'entendre que no som de la policia, sinó investigadors privats que estem treballant en un altre cas de desaparició.

Primer es mostra poc inclinada a parlar amb nosaltres de les seves vacances a Roses en companyia de la Hanna Matteus. Diu que ja ha parlat amb la policia, i que ha dit tot el que havia de dir. En Max i jo intercanviem una mirada còmplice.

—Perdoni que insistim, senyora Müller, però... Ha parlat amb la policia de l'home que va conèixer la seva companya a Roses i amb qui va tenir més d'una cita?

La dona queda bocabadada. Abaixa el cap i deixa el llibre sobre la tauleta de nit. A continuació, ens torna a mirar, amb les ulleres a la mà.

—Qui els ha parlat d'aquest home?

—En tot cas no es tracta de cap agent de l'inspector, senyora Müller —fa en Max, per deixar clar que no tenim res a veure amb la policia.

L'Else Marie s'aixeca de la butaca i va fins a la finestra amb la persiana mig abaixada. Des d'allí es gira i ens observa uns instants abans de dirigir els ulls cap al cos de la senyora Hanna, que dorm plàcidament des que hem entrat a l'habitació.

—Sembla un angelet —murmura.

—Es troba millor? —pregunta en Max.

L'Else Marie fa que sí amb el cap.

—Els metges diuen que recupera les constants vitals amb normalitat. A mi m'ha reconegut —diu—, s'ha posat contenta de veure'm. Però està dèbil, i sota els efectes d'una droga...

—Vostè sospitava que tornaria? —li pregunto.

L'Else Marie em mira i sospira. Assenteix a poc a poc amb el cap, insegura.

—Però no em pensava que ho fes tan aviat.

Estic segur que menteix.

—Va viatjar realment fins a Alemanya amb vostè?

L'Else Marie es frega els ulls i torna a seure a la butaca abans de contestar. Sembla terriblement abatuda, i li manca la seguretat que ha mostrat fins ara.

—No —confessa—. Es va quedar a l'àrea de servei de la Jonquera. Jo no vaig dir res. Fins i tot, amb una bossa de viatge i una manta, vaig simular que hi havia algú dormint al seient del meu costat. Això va passar a les onze de la nit, durant la darrera parada en una àrea de servei espanyola. La nostra guia va baixar a Saarbrücken, gairebé a la frontera francesa, a les sis de la matinada. Era l'única que hauria pogut trobar a faltar una passatgera de l'autocar. —La senyora Else Marie fa una pausa, allarga el braç i passa una mà pels cabells de la seva amiga.— M'alegro tant que estigui bé...

—La van trobar a la platja. Perduda.

—Sí, ja ho sé. M'ho ha explicat el policia.

—Va cridar un nom. Kalman, o alguna cosa semblant.

—Jo no sé d'on han tret això de l'home que es va entrevistar amb la meva amiga, ni sé fins a quin punt els han explicat la veritat.

En Max i jo seiem al llit desocupat que hi ha a l'habitació. L'Else Marie no ens treu els ulls de sobre, i intuïm que no continuarà parlant si nosaltres no movem fitxa.

—De fet és confidencial —diu en Max.

—Jo no tinc cap obligació de parlar si no és davant de la justícia i amb una ordre de requeriment.

L'Else Marie ens ho vol posar difícil. La situació és prou incòmoda.

—Per a qui treballen vostès? —ens pregunta.

—Es tracta d'un particular que no té res a veure amb el cas de la seva amiga. Es pot dir que hem arribat a vostè de casualitat. La nostra clienta busca un home gran, el seu pare. Un home de Roses que va desaparèixer si fa no fa les mateixes dates. Estirant un fil hem arribat aquí, però els camins que ens hi han apropat no són els mateixos. No sé si sap que a més a més de la senyora Hanna Matteus han aparegut altres avis perduts aquesta setmana.

—Sí, ho sé. M'ho ha explicat l'inspector.

—Tenim l'esperança que l'home que busquem aparegui també un dia o altre.

—Té néts, aquest home que busquen?

En Max i jo l'observem, perplexos.

—Sí, tres néts. Per què ho pregunta?

—Per esbrinar si els camins dels quals em parlen són paral·lels o no tenen res a veure amb el camí que ha recorregut la Hanna Matteus.

—No la seguim, senyora Else Marie —li dic amb sinceritat.

—Tant se val. Provin de buscar els néts d'aquest senyor desaparegut. Aleshores ens podrem entendre, senyors. Ara, si no els fa res, he de despertar la meva amiga i donar-li les píndoles que li ha receptat el metge. A més a més, li duran el sopar aviat i vull provar de comunicar-me amb ella.

—Podem veure'ns i parlar demà, senyora Else Marie? —li pregunto.

—Sí, m'estaré aquí fins que la Hanna estigui bé del tot. Aleshores me l'enduré a Alemanya.

—Demà vindrem a veure-la.

—Els rebré amb molt de gust. Em faran companyia.

Encaixem les mans en el mateix moment que entra una infermera amb un tubet de píndoles similars al que preparava la Leo a la residència d'avis. Saludem el guarda de seguretat de la porta i baixem les escales en silenci.

—Què ha volgut dir amb això dels néts?

—No ho sé, Max. Però ara mateix trucarem a la senyora Pallissera i ho esbrinarem.

Truquem des del cotxe, amb el mòbil. La Margarida Pallissera triga una estona a agafar l'aparell.

—Bon dia, senyor Ortensi. Hi ha alguna novetat?

—No ho sabem, senyora Margarida. Però cal plantejar-li un parell de qüestions que no van sorgir durant la primera entrevista i que ara semblen fonamentals per a la investigació.

—L'escolto, senyor Ortensi.

—Parli'm dels néts del senyor Pallissera.

—Els meus fills?

—Sí, els seus fills i els seus nebots, si és que en té.

Sento com la senyora Pallissera s'escura la gola abans de parlar.

—Bé, jo tinc tres fills, em sembla que ja els ho vaig comentar quan ens vam conèixer. La meva filla gran es diu Roser i treballa en una agència de viatges a Empuriabrava. És casada i té dos fills. Tinc dos fills més, en Jaume, que té trenta-dos anys i treballa en una empresa de telecomunicacions, i, finalment, el petit de la casa, en Pau, que està acabant la carrera a Barcelona.

—El seu pare tenia bona relació amb tots tres?

—Sí. Se'ls estimava molt. Però, és clar, tots tenen la

seva feina i fan la seva vida, ja sap com és això, i no podien anar-lo a visitar tan sovint com haurien volgut. Però tenien bona relació, i tant que sí.

—I té més néts, el seu pare?

—Jo tinc un germà —diu la senyora Pallissera, amb un to de veu estrany.

—I aquest germà seu té algun fill?

—Bé... sí. Sí, de fet té un fill.

—O sigui, que en total el seu pare té quatre néts...

—Això mateix. Quatre.

—I el fill del seu germà s'entenia bé amb l'avi?

—El fill del meu germà? Bé, no ho sé... no sé què dir-li.

—No tenien relació?

—Doncs no, no gaire...

La senyora Pallissera m'amaga alguna cosa que he de descobrir com sigui.

—Necessito totes les pistes, senyora Margarida...

—Però és que no entenc de què li pot servir tot això dels néts —m'interromp la dona una mica esfurismada—. Jo a qui busco és el meu pare, no pas el meu nebot.

—El seu nebot també ha desaparegut?

En Max em mira i fa uns ulls com taronges.

—Aquest no és el cas, senyor Ortensi...

—Senyora Pallissera, deixi'ns decidir a mi i al meu company quin és el cas i quin és el camí per arribar a solucionar-lo. Li pregaria que em parlés d'aquest nebot seu perdut.

—No entenc quina importància pot tenir...

—En pot tenir molta —la interrompo amb contundència—. En aquests moments de la investigació, senyora meva, en pot tenir molta.

Em diu que no li agrada parlar d'això per telèfon; que si podem veure'ns demà a la tarda.

—Demà a la tarda pot ser massa tard, senyora Pallissera. Digui'm on puc trobar-la i ens hi acostarem ara mateix.

La senyora Margarida rondina una mica i finalment ens cita a casa seva d'aquí a una hora. En Max posa el cotxe en marxa quan apago el mòbil.

—Un nét desaparegut —comenta.

—Sí, un tema del qual no li agrada parlar.

—Li esguerrarem el sopar.

—Que es foti.

El pis de la senyora Pallissera és al centre de Figueres. Es tracta d'un pis gran i antic, decorat amb mobles de fusta fosca restaurats, mobles que ben segur haurien pertangut al pare o a l'avi de la senyora Margarida. Ens rep ella mateixa, i ens fa passar al despatx del seu marit, una sala confortable amb tres butaques entapissades de verd poma i una dotzena de reproduccions de fotografies antigues de Figueres. El parquet del pis és nou, potser l'única nota moderna de tot el conjunt. La senyora Pallissera ens convida a seure i de seguida explica, lamentant-se, el cas del seu nebot, el fill del seu germà.

—És allò que diem sempre de les famílies. Els dónes el bo i millor, els portes a escoles de pagament, els compres tot allò que necessiten, i al final els fills et surten com et surten, com si fos l'atzar que decidís el destí de cada persona. El fill del meu germà jugava amb els meus fills, perquè és de l'edat del petit nostre, d'en Pau, i tota la vida ha estat aquí a casa, i hem estiuejat junts. Però després se'n va anar a estudiar a Barcelona, i allí es va complicar la cosa. Ja era un nen conflictiu durant els estudis a l'institut de Figueres, però el problema es va fer gros a Barcelona, quan el meu germà i la meva cunyada no hi van estar a sobre. Jo els ho advertia sovint: «Vigileu el nano, no sigueu rucs i lligueu-lo curt, amb poca corda.» M'entenen què els vull dir?, perquè aquest ha de ser el paper dels pares, cuidar-se dels fills i dir no quan s'ha de dir no. Castigar-los quan toca castigar. Donant-los llibertat no aconsegueixes que et respectin. Perquè precisament respecte és el que no ha mostrat mai el meu nebot envers els seus pares. Ni una mica de respecte, senyors, ni un granet de respecte. S'ha aprofitat d'ells, i els ha fet molt de mal. A ells i a nosaltres, a tota la família.

—On viu ara?

—Això no ho sap ningú. El meu nebot va desaparèixer fa gairebé un any. Va desaparèixer voluntàriament, vull dir, per tot això de les drogues. És drogoaddicte, ja els ho dic ara, així mateix, sense embuts. És un drogoaddicte incapaç de pensar-s'hi ni de seguir les teràpies de desintoxicació que entre tots hem pagat per intentar salvar-lo. Ha passat de tot, com es diu ara. I ha clavat la darrera espina al cor dels seus pares quan ha fugit de Barcelona sense deixar rastre. Fa uns mesos va trucar al meu fill petit, en Pau, per demanar-li diners. En Pau li va preguntar on era, i ell li va dir que trucava des de França. Li va deixar un número de compte d'un banc francès, i li va suplicar que li enviés diners com més aviat millor, que s'ho estava passant molt malament. No em diguin que això no és per matar un pare! En Pau m'ho va explicar, i jo li vaig aconsellar de no enviar-li res, ni tan sols d'informar de la telefonada els seus pares, que de ben segur haurien ingressat allò que el nano hagués volgut. No, així no es pot anar pel món. Si ell vol perdre's, em sembla molt bé. És la seva vida, i si la llença a les escombraries és problema seu. Però no tolero que jugui amb la del meu germà i la dels meus fills. Aquest nano no és com nosaltres! No està fet per conviure en una família com la nostra!

—Fa temps que no en saben res, d'ell? —li pregunta en Max.

—No res, ni una paraula des de la trucada al meu fill... Les drogues el mataran, i ell no és prou llest per adonar-se'n.

—Tenia bona relació amb l'avi?

—No en tenia! —contesta, tallant, la senyora Margarida.

—No l'havia anat a veure mai des que el seu pare era a la residència de Roses?

—No, és clar que no! Si no ens venia a veure ni a nosaltres! Com vol que anés a veure el meu pare! No té sentit!

—Però segur que l'avi l'estimava i patia per ell... —suggereix en Max—. Bé, com tots vostès —afegeix de seguida.

—A l'avi li feia molta pena saber d'aquell nano malalt. Perquè en el fons és un malalt. Un drogoaddicte és un malalt.

—Té raó. Potser per això necessita d'algú que se'n faci càrrec. Deu ser difícil sortir-se'n sense ajuda... —diu en Max.

—Li hem ofert tota l'ajuda, senyor Oliva. Tota i més. Ha deixat una família desesperada i destrossada. No té perdó de Déu —la senyora Pallissera s'escura la gola i s'aixeca de la butaca—. De tota manera, continuo preguntant-me què hi té a veure, amb la desaparició del meu pare...

—Sembla —aventuro— que els avis que apareixen aquests dies a la platja tenen relacions especials amb els seus néts...

—Quina mena de relacions? —pregunta, perplexa, la dona, portant-se una mà al pit.

—No li podem assegurar res de moment, senyora Pallissera. Estem treballant en el cas, cregui'm, i tota la informació que se'ns brinda és poca. Per això li agraïm que ens hagi rebut a aquestes hores.

—No hi fa res, només faltaria això. Però el meu nebot... Vull dir que segur que no té cap mena de relació especial amb el seu avi... Només faltaria això...

Tant en Max com jo, mentre baixem l'escala, recordem les paraules de la Leo aquest matí a la residència. I si l'avi hagués fet hereu al nét esgarriat? I si fos això el que tem ara mateix la senyora Pallissera, mentre seu a taula i prova d'engolir el sopar?

—Fem una cervesa?

—On?

Hi ha poca gent al bar, perquè és dia feiner i hora de sopar. Seiem en un parell de tamborets al taulell i ens fixem en un home gran i sol, al costat nostre, que sembla abatut i mira fixament la copa de conyac que té al davant. De tant en tant agafa la copa amb una mà, se la porta als llavis i fa un glop. En Max encén un cigarret i diu que comença a tenir gana. El cambrer apuja el volum de la música quan veu entrar un grup de joves amb ganes de gresca. La música es transforma, subtilment, en la sintonia del programa, i de cop som a l'habitació d'en Max, i ens hem tret els auriculars.

En Max ha tornat a dir que té gana, i hem anat al menjador a donar un cop d'ull a la gran taula parada.

—Agafa el que et vingui de gust. Ho podem escalfar.

He triat un entrepà de botifarra.

—Al termos groc hi ha crema de carbassó, i al verd, brou de pollastre. Podem escalfar-nos una sopa, si vols.

Hem tret de la nevera un parell de llaunes de Quickie i del congelador una barra de gelat de regalèssia i nata batuda.

Hem dinat en silenci, capficats en la simulació del MAX.

—He fumat avui? —m'ha preguntat.

—Sí, sempre fumes.

En Max ha mogut el cap, tot rumiant.

—És força curiós. Vivim la mateixa simulació, compartim les mateixes experiències, i en canvi hi ha detalls de comportament que són diferents.

—Potser no són solament de comportament. Segur que cadascú rep una visió personal dels espais i de la gent.

—Vols dir?

—N'estic segur. A veure: com és per a tu la Leo, la noia de la residència?

En Max mira al sostre amb els ulls mig clucs.

—La Leo és alta, morena, grassoneta. Duia una bata blanca i el cabell recollit en una cua de cavall.

—Per a mi era baixeta, de cabell castany, que duia deixat anar, i amb ulleres.

—De debò?

—T'ho juro. Percebem coses diferents. Sempre ho he pensat.

—Que fort! —ha exclamat en Max abans de ventar

queixalada a l'entrepà—. L'Else Marie té els cabells blancs?

—No. Els porta tenyits d'un color vermellós.

—Quin cotxe conduïm?

—Això sí que ho compartim, Max, perquè ho vam introduir a la base de dades.

—Tens raó...

Ha sonat el telèfon. En Max ha renegat, però s'ha incorporat i ha anat al menjador per despenjar-lo. Des d'allí ha fet un crit:

—Aleix! És la Lua! Que si volem quedar aquesta tarda!

He anat al menjador i, amb un gest d'espatlles, li he preguntat què vol fer ell. En Max ha imitat el meu gest mentre parlava amb la Lua, i ha quedat que ella i la Marta passarien per casa abans de les sis per sortir a fer una volta o anar al cinema. Abans de penjar, arran d'una darrera observació que ha fet la Lua a l'altre costat de la línia, en Max ha fet cara de fàstic i li ha fet repetir la frase.

—En Biel? I com se us ha ocorregut quedar amb aquest pàmfil?

En Max m'ha mirat amb cara de fàstic extrem, com si acabés de vomitar. Quan ha penjat m'ha confirmat que les dues noies vindrien acompanyades d'en Biel, que es veu que les havia telefonat abans i que ja havien quedat.

—Si m'ho arriba a dir al començament de la conversa, li dic que no vinguin!

—Per això t'ho ha dit al final!

Hem tornat a la cuina i ens hem servit un bon tros de gelat. He estat temptat de proposar-li d'arreglar una mica l'habitació i el menjador abans que arribin les noies i en Biel, però he pensat que en Max em diria que ni parlar-ne, que ell viu com vol i que si a algú no li agrada, que no vingui a veure'l.

Abans de connectar-nos al MAX per segona vegada el mateix dia, he enviat un missatge de text a casa des de l'ordinador.

4

L'Else Marie Müller ens espera a la cafeteria de l'hospital, asseguda en una taula vora dels finestrals. Pren un cafè amb llet i fulleja un diari en castellà. La saludem i ens convida a seure a taula amb ella. L'Else Marie ha dormit a l'habitació amb la Hanna, i la seva estada i la seva manutenció, les paga la policia.

—He parlat amb l'inspector fa només una estona. He deduït d'on havien tret vostès la informació que tant em va sorprendre ahir, però encara m'ha sorprès més el fet que l'inspector no en sabés res, de l'amic de la Hanna, tot i que ell també va parlar amb la persona que imagino que els ho va explicar.

—Va ser el cambrer del Mediterráneo —confirma en Max.

—Per això ho dic. Avui l'inspector m'ha fet saber que

van parlar amb aquest cambrer, però no m'ha dit res de la suposada confessió sobre l'amic de la Hanna.

—L'inspector no hi era present quan el cambrer ens ho va explicar.

—Per quina raó no hi era, l'inspector, amb vostès?

—No és important, senyora Müller —li dic—. Té més a veure amb una petició personal del cambrer.

—Com està, el meu amic Ahmed? —pregunta, amb un somriure còmplice.

—Bé. Una mica espantat pensant que els podia haver passat una desgràcia, a vostè i a la seva amiga.

—La Hanna va tornar per aquest home misteriós? Tant es va enamorar? Què té a veure amb el seu nét? —pregunta en Max.

—Hi ha moltes incorreccions en la formulació de la pregunta que acaba de fer, senyor Oliva. Potser és hora d'anar-les corregint una a una. I que consti —afegeix l'Else Marie fent un glop de cafè amb llet— que si em sincero amb vostès és per ajudar-los a solucionar un problema que té la meva amiga i que, vés a saber, també pot tenir aquest home que busquen.

—Què he preguntat malament? —comença en Max.

—Primer de tot, la Hanna no va tornar: de fet, no va marxar, tal com els vaig explicar ahir. Aquella tarda vam pujar a l'autocar amb la resta de passatgers, amb els quals no ens havíem relacionat gens, i la guia. La Hanna no se'n va endur tot l'equipatge: va deixar una maleta en un hostal de Roses. Vam seure juntes a l'autocar fins a la parada que va fer a l'àrea de servei de la Jonquera. Després de la parada, la Hanna no va pujar al vehicle i jo vaig dissimular la seva absència amb unes bosses i una manta de viatge: aparentment, la Hanna s'havia adormit al seient.

—Com va tornar la Hanna fins a Roses? Qui la va portar des de la Jonquera?

—Un conegut la devia recollir en cotxe.

—Per què aquest engany? Per què la Hanna no es podia quedar aquí sense haver de fer tanta comèdia?

—No volia que ningú li fes preguntes per a les quals no tenia encara resposta. Les turistes alemanyes vénen i se'n van. Així de simple.

—Per què van venir amb autocar? —pregunto.

—No tenim carnet! Cap de les dues no sap conduir. No som dues joves que van a l'aventura, senyor Ortensi. Tenim una edat, i vam preferir agafar un mitjà de transport que ens portés exactament al lloc on volíem anar.

—Per què volien venir aquí?

—No vagi tan de pressa, senyor Oliva. —L'Else Marie fa una pausa, desvia els ulls cap a l'exterior a través del finestral, i a continuació ens torna a mirar a nosaltres.— Primera part de la pregunta corregida: la Hanna no va tornar. Segon punt: l'home misteriós. La Hanna no es va quedar per l'home misteriós, sinó per alguna cosa que li podia oferir aquest home misteriós. L'enamorament va ser una mentida que vam inventar per si algú, com ara l'Ahmed, sospitava que la Hanna es veia amb un desconegut. La Hanna i aquest home no tenen res a veure, però la meva amiga el necessita per obtenir una cosa que li importa moltíssim. La recerca d'aquesta cosa, senyors meus, va ser el motiu d'aquest viatge. Jo, de fet, només vaig venir per acompanyar-la, per no deixar-la sola en un moment tan delicat, i sobretot, perquè parlo castellà.

—Ha explicat res d'això a la policia?

—Ho he hagut de fer. És el meu deure com a ciutadana.

—Qui és Kalman?

—És l'objectiu de la recerca. És allò que la Hanna ha vingut a buscar.

—És el nét de la seva amiga?

—Sí. És la nineta dels seus ulls.

Veiem entrar a la cafeteria l'inspector, que se sorprèn en veure'ns allí asseguts, però que de seguida reacciona i se'ns acosta amb un somriure d'orella a orella i la mà disposta a l'encaixada.

—Bon dia. Veig que ja us heu presentat.

—Bon dia, inspector. Doncs sí, la senyora Else Marie ha estat molt amable i ens ha permès compartir amb ella l'esmorzar.

—Vinc per acompanyar-la a comissaria i prendre-li declaració, senyora Müller —diu a l'Else Marie—. I per anunciar-vos, aprofitant que sou aquí —ens diu a nosaltres— que fa mitja hora ha aparegut un altre avi a la platja de l'Escala. Deixaré la senyora Müller i aniré cap allí de seguida. Potser em voldreu acompanyar.

—Es tracta de l'home que busquem?

—Ho dubto. He parlat amb els meus companys de l'Escala i sembla que es tracta d'un estranger que no parla català ni castellà.

Sortim de la cafeteria i esperem l'Else Marie, que ha pujat a l'habitació a buscar una jaqueta, al vestíbul. Quan ella torna, en Max procura entretenir l'inspector mentre caminem cap als cotxes respectius perquè jo pugui parlar amb la dona.

—Voldríem tornar-la a veure, senyora Müller.

—Seré encara uns dies per aquí. No deixaré la Hanna sola.

—La seva amiga va trobar el seu nét? Per què el buscava? Qui era l'home de Roses?

—No em faci contestar tan de pressa totes les preguntes, senyor Ortensi.

—En parlarà, de tot això, durant la declaració?

—Diré tot allò que es pot saber. Tot allò que no perjudiqui la recerca de la Hanna, que presumiblement encara no ha acabat.

Ens acomiadem de l'Else Marie, que puja al cotxe de l'inspector. En Max i jo ens dirigim directament cap a la platja de l'Escala. Aparcada al passeig de Mar, vora de l'hotel Nieves Mar, trobem una furgoneta de la policia, exactament igual que les que van auxiliar els vells a les platges de Roses, Empuriabrava i Sant Pere Pescador. Aparquem just darrere mateix i saludem els policies, que ens resumeixen les circumstàncies de la trobada del tercer home.

—Estava assegut allà davant —un jove uniformat ens indica un punt a la vora de l'aigua—, pelat de fred i amb la roba xopa. No duia res, com els altres: ni cartera, ni diners, ni rellotge, res de res. El va veure una veïna del bloc d'aquí darrere nostre. Eren les set del matí, i li ha estranyat veure aquell home allí arrupit. Ha fet baixar el marit a veure què li passava. Després ens han telefonat i hem vingut de seguida.

En Max treu la seva gravadora de la butxaca i camina pel passeig mentre enregistra les seves percepcions. Jo entro a la furgoneta i veig l'home que seu embolicat amb un munt de mantes. Té els ulls tancats i encara tremola.

—Ara mateix el portem a l'hospital de l'Escala. L'inspector de Roses anirà directament allà. Està mig congelat! —diu el policia, posant una mà sobre l'espatlla de l'avi.

—No ha parlat?

—No, ni una paraula. Com els altres.

En Max puja a la furgoneta i té el temps just de veure l'home, perquè de seguida el policia ens demana que baixem i tanca les portes corredisses del vehicle.

Quan som fora, abans de pujar al cotxe, m'adono que en Max està capficat o impressionat per alguna cosa que ha vist.

—Què et passa?

—No ho sé —fa ell, negant amb el cap i sense mirar-me als ulls—. No ho sé, Aleix. És estrany. És com si hagués vist aquest home abans... Com si l'hagués vist fa temps, com si el conegués...

—Se suposa que és estranger.

—Sí, ja ho sé. Però... aquesta cara em sona. Jo aquest home el conec, però no sé de què. No trobes que s'assembla una mica als altres avis?

—No, no m'ho sembla. Aquest és molt sec, i gairebé no té pèls al cap...

—No ho sé, Aleix. M'ha deixat descol·locat...

Condueixo fins a l'hospital de l'Escala. En Max es passa el trajecte fumant i mirant per la finestra oberta. El fum del cigarret sura uns segons sobre la punta encesa, i de seguida surt per la finestra i s'esvaeix en l'aire. L'inspector ja ha arribat a l'hospital i nosaltres esperem que surti de la sala de cures on fan un primer reconeixement exhaustiu a l'home de la platja.

—Es troba bé —ens diu l'inspector quan surt—. Hipotèrmia, pèrdua de memòria, existència d'una substància estupefaent a la sang... com els altres. Pastat. La mateixa situació. Ara, si més no, sabem què busquen i no troben —anuncia.

—Què vol dir?

—Ens trobem sobre una pista bastant fiable, i tot gràcies al testimoni de la senyora Müller. Tot és una hipòtesi. D'entrada força inversemblant, però una hipòtesi al cap i a la fi.

L'inspector ens convida a un cafè de màquina en una de les sales de l'hospital.

—Segons les nostres deduccions, aquests avis vénen a la Costa Brava a la recerca dels seus néts. Ja sé que sona estrany, però basant-nos en el relat que dels fets ha exposat la senyora Müller, la seva amiga Hanna va acudir a Roses seguint la pista del seu nét Kalman. El noi és drogoaddicte i fa temps que va marxar de casa. El van buscar pertot arreu, per Alemanya i pels països veïns, i no en van trobar ni rastre. L'àvia d'en Kalman, en comprovar la poca eficiència de la policia germànica i la flegma del seu fill, o sigui, del pare d'en Kalman, va iniciar la recerca pel seu compte.

—L'àvia?

—Sí, sí, l'àvia —confirma l'inspector—. La senyora Matteus, sense pensar-s'ho dues vegades i sense l'ajuda de ningú, va iniciar la recerca del seu nét perdut. Mantenien, es veu, una relació molt especial, àvia i net, i ben segur que més d'un cop en Kalman havia rebut ajuda econòmica de la seva àvia desesperada. Allò que no desitja mai la senyora Matteus és que el seu nen pateixi, i arriba a barallar-se amb els pares del nano, que estan cansats de lluitar sense èxit per la rehabilitació del nano. Ella no. Ella, l'àvia, li dóna suport sempre i en qualsevol circumstància, i si els progenitors no ho volen fer, ella sí, i decideix tirar endavant, tota sola, un nou procés de recerca. Perquè resulta que el nano un dia fot el camp de casa i no torna. Vés a saber si cau en mans d'alguna màfia, o si se'n va a buscar droga a països on la seva obtenció és més senzilla. Sembla que, finalment, al cap d'un temps, la senyora Matteus descobreix que el seu nét pot haver-se establert al nostre país, més concretament a la nostra comarca. La senyora Else Marie Müller no ha sabut precisar si es tracta d'una mena de comuna, d'un centre o d'un campament de toxicòmans. El cas és que sembla que per aquí a la vora s'amaga una legió de drogoaddictes europeus. Això, d'entrada, és fals, perquè si aquesta organització existís, les autoritats en tindríem notícia, o, si més no, hauríem sospitat de la seva existència. És impossible camuflar una comunitat de ionquis, per més amagada que estigui.

L'inspector fa una pausa i busca monedes per procurar-se un segon cafè. Amb el gotet de plàstic a la mà, continua l'exposició dels fets.

—He donat ordres a totes les poblacions de la comarca perquè s'investigui l'existència d'aquest grup de joves. He parlat amb totes les comissaries, amb els ajuntaments, amb els del cens i amb les organitzacions d'assistència social. Amb tothom.

—Quin és el parer de la senyora Else Marie? Què en pensa, de tot això?

—No n'heu parlat mentre esmorzàveu?

—La veritat és que no. Li hem demanat qui era en Kalman, i ens ha explicat que era el nét de la senyora Matteus. Però no ens ha dit que fos drogoaddicte, ni que visqués a l'Empordà.

—Segons ha declarat la senyora Müller, la seva amiga la va posar al corrent dels seus propòsits tot comentant-li l'existència d'aquesta comuna. Li va dir que ho havia esbrinat a través d'una pàgina d'Internet i que abans de decidir-se havia mantingut una reunió amb una associació de pares i avis de nanos alemanys afectats que, abans que en Kalman, havien estat localitzats en aquesta comuna empordanesa. La trobada amb aquesta organització de familiars damnificats s'hauria produït a Düsseldorf fa un parell o tres de mesos. Allí la senyora Matteus hauria rebut la informació de com podia arribar a la comarca i com podia establir contacte amb els joves residents. La senyora Matteus va demanar a la senyora Müller si estaria disposada a acompanyar-la a la Costa Brava, perquè volia recuperar el seu nét i li feia por anar-hi sola. La senyora Müller i la senyora Matteus són amigues des de fa molts anys, i la primera, que parla un castellà més que correcte, no va dubtar ni un moment a l'hora de fer costat a la seva amiga desesperada.

—Qui va convocar la reunió de Düsseldorf? —pregunto a l'inspector.

—La senyora Else Marie Müller no ho ha pogut especificar —es lamenta l'inspector—. Sospita que devia tractar-se d'algun familiar que hauria acudit a la comuna amb anterioritat per buscar el seu fill. La seva intenció podia ser ajudar altres famílies a recuperar els seus nanos. Possiblement es tracta de la mateixa persona que va penjar la pàgina web a la xarxa.

—Recapitulem —proposa en Max, amb els palmells de les mans units a l'alçada del pit, com si resés—. La senyora Hanna Matteus troba a Internet una pàgina en la qual es dóna informació sobre una comuna de drogoaddictes alemanys assentada a l'Empordà. Es posa en contacte amb els propietaris d'aquesta pàgina web, que pot ser un particular, una ONG o una associació altruista, i la citen per a una reunió a Düsseldorf. Ella hi assisteix i rep informació precisa sobre on és i com funciona la comuna.

—Exactament —corrobora l'inspector—. Segons la senyora Müller, també es prega als assistents a la reunió que no parlin amb la policia si volen trobar els seus familiars, ja que tot es fa des de la més estricta confidencialitat. Això, amics meus, em sona a una il·legalitat com una casa, però segons els de l'associació, el fet d'alertar les autoritats suposaria una probable actuació de la policia contra l'assentament de ionquis i provocaria la seva fugida.

—I la senyora Müller accepta acompanyar la seva amiga. Vénen aquí totes dues, s'hostatgen al Mediterráneo...

—I la senyora Hanna Matteus visita la comuna sola —continua l'inspector—. La senyora Müller no l'acompanya. Diu que no sap on és. Diu que no sap res. —L'inspector fa un gest d'impotència, aclarint que aquí s'acaben les pistes.— La senyora Müller no vol parlar més. Així estan les coses —afegeix.

—I com s'explica l'aparició de la senyora Hanna a la platja?

—Les dues dones —reinicia el monòleg l'inspector— marxen a Alemanya sense el nét: la senyora Hanna diu a l'Else Marie que allí no hi havia cap comuna, que era una pista falsa. Tornen a Alemanya. Quinze dies més tard, nosaltres li truquem per comunicar-li l'aparició de la seva amiga a la platja de Roses. És tot el que sap. L'Else Marie Müller suposa que la seva amiga va restablir les converses amb l'organització i la van convèncer per tornar a l'Empordà. Aquest segon cop ho va fer sola.

—I els altres vells?

—Es tractaria de verificar la hipòtesi que hem perfilat: existeix una associació fraudulenta, possiblement a Alemanya, que extorsiona familiars de joves desapareguts.

En Max i jo quedem de pedra. És una idea estranya, però que s'adiu amb tot allò que ha exposat l'inspector fins ara.

—Com actua aquesta associació?

—Suposem que es dóna a conèixer a través d'Internet. D'alguna manera aconsegueix que els familiars de desapareguts la trobin mitjançant vincles i enllaços diversos des d'altres pàgines. Un cop allí exposen una falsedat: «Els joves desapareguts són a prop de Roses. Viuen en comuna. Potser els vostres fills són allà. Aneu-los a buscar si sou bons pares!» Contacten personalment amb els familiars i segurament aleshores els treuen diners.

—Va pagar diners la senyora Matteus per venir a buscar el seu nét?

—Sí. L'Else Marie Müller no ha pogut precisar quina quantitat exacta, però sap del cert que la Hanna Matteus va estar ingressant diners en un compte corrent des del dia que la van citar a Düsseldorf. Podem suposar que els extorsionadors li van reclamar calés per les gestions o per vés a saber què.

—I els familiars s'ho empassen! —exclama en Max—. Realment deuen actuar a la desesperada per no perdre els fills o néts...

—Aconsegueixen que els familiars viatgin fins a l'Empordà —continua l'inspector— i assumeixen ells mateixos les despeses, i quan són aquí els acaben de robar, els droguen, i els deixen abandonats en una platja. Aquesta és la hipòtesi.

L'inspector se sent orgullós d'haver-nos deixat com dos estaquirots, observant-lo amb els ulls fora de les òrbites.

—Inversemblant, però possible —afegeix, després d'escurar-se la gola.

—Tots aquests avis han estat extorsionats? Tots han vingut de lluny a buscar els seus néts? —pregunta en Max.

—Insisteixo: és només una hipòtesi —confirma l'inspector.

—Els droguen i els deixen abandonats a mar... —murmura en Max.

—Això sembla.

L'inspector s'acomiada i puja a la planta per parlar amb els metges que atenen el tercer home. Nosaltres anem cap al cotxe.

—No ha parlat de l'home de Roses amb qui es va entrevistar la Hanna Matteus —pensa en Max en veu alta.

—No n'ha parlat, perquè l'Else Marie no li ho ha explicat —li dic.

—Hem de tornar a parlar amb la dona de seguida.

—Si tot això tingués un punt de veritat —dic a en Max mentre sec al volant—, hauríem de replantejar-nos el cas del senyor Pallissera: ell també té un nét drogoaddicte.

Tanco la porta del cotxe, poso la clau de contacte, i escoltem un xiulet terrible que se'ns fica al cervell. Primer penso que es tracta d'un nou 234, però la situació no canvia: som al cotxe, i tots dos ens posem les mans al cap i ens tapem les orelles.

—Què caram és això? —pregunta en Max cridant.

De cop no som al cotxe, sinó a l'habitació d'en Max, que repeteix la mateixa pregunta mentre es treu els auriculars:

—Què caram és això?

Tots dos alhora hem reconegut el timbre del pis. En Max s'ha aixecat de pressa i ha anat a obrir la Lua, la Marta i en Biel.

—Que dormíeu o què? —he sentit que preguntava la Lua—. Fa mitja hora que estem trucant al timbre!

—Hola. No, estàvem connectats, com sempre.

—Acabareu sonats —ha dit la Marta.

En Max els ha convidat a passar al menjador i els tres nouvinguts han descobert, atònits, l'arsenal de menjar estès sobre la taula.

—Que us penseu que ve una guerra nuclear o què? —ha preguntat la Lua—. Quin fotimer de menjar, tio!

—Podeu agafar el que vulgueu. És de franc —els ha convidat en Max.

He sortit de l'habitació per saludar-los. La Marta ha dit que li venia de gust un sandvitx, i en Biel ha agafat un grapat de cireres.

—Es nota que no hi són els pares. Però si més no t'ho deixen tot preparat. Quan els meus viatgen —ha comentat la Lua— m'he d'espavilar jo soleta i fer dinars i sopars per a mi i la meva monstruosa germana.

—És l'avantatge de ser fill únic —ha dit en Max.

Quan en Biel ha passat per davant de la porta de l'habitació, ha vist la icona del programa a la pantalla de l'ordinador.

—Jugueu al simulador? —ens ha preguntat.

—Tot el dia hi juguen —ha contestat la Lua—. No t'has assabentat que al col·legi els anomenen els polis de l'univers?

—Hi has jugat alguna vegada? —he preguntat a en Biel.

—Cada dia. És el meu joc preferit.

En Max se li ha acostat i l'ha mirat directament als ulls.

—Tu jugues al MAX? —li ha preguntat, pronunciant clarament cada lletra.

—Sí —ha contestat l'altre, intimidat per la proximitat física del meu amic, que li parlava a pocs centímetres de la cara—. Per què ho preguntes així?

—No ho sé —ha dit en Max, separant-se una mica—. M'ha estranyat, suposo.

—No tinc cara de jugar al simulador?

—Doncs més aviat no —ha contestat en Max.

—Te n'adones, noia? —ha exclamat la Lua dirigint-se a la Marta—. Tenim com un imant, i se'ns enganxen tots aquests sonats del joc!

Hem picat i begut de la resta de coses que quedaven a la taula. En Max no s'ha separat ni un instant d'en Biel, fascinat per la nova faceta d'aquell noi que mai no havia estat sant de la nostra devoció.

—Hi jugues sol? Quin paper simules? A quina època retrocedeixes?

En Biel parlava amb la boca plena, ja que no parava d'engolir entrepans i pastissets.

—Jugo sol, encara que de vegades ve un amic. I no retrocedeixo, sinó que acostumo a avançar al futur. Introdueixo dades d'un món imaginari, d'aquí a cinquanta o cent anys. Es tracta de la modalitat C15, la que permet inventar un món fantasiós que encara no existeix. Les regles del joc són una mica diferents, perquè les lleis i els sistemes són inventats i tu mateix els decretes, els redactes i els inclous a la base de dades.

—Ets policia?

—Sí, treballo per a la poli cibernètica. Ens dediquem a capturar delinqüents per Internet i evitar crims virtuals.

—Virtuals? Com caram es pot cometre un crim virtual?

—Es podrà. En el futur es podrà, creu-me —ha anunciat molt seriosament en Biel.

—Deixareu de parlar algun dia de polis cibernètics i decidirem què fem avui? —ha preguntat la Lua.

Les noies i en Biel volien anar al cinema, i en Max i jo preferíem sortir a passejar, a mirar botigues de música o anar a un bar. La Marta ha proposat anar al bar d'en Rocco i discutir-ho allí.

Feia una tarda freda i poc agradable per estar al carrer. Hem anat en autobús fins al centre. La rambla Nord estava tallada, perquè havien detectat una fuita radioactiva i els operaris, protegits amb escafandres, comprovaven si hi havia perill per als vianants. La policia escorcollava una colla d'immigrants que tenien posats de cara a la paret. Una dona gran ha agafat la mà de la Marta abans d'entrar al Rocco i li ha preguntat en anglès si volia saber el seu futur. La Marta ha dit que no, i s'ha desempallegat d'aquell braç que l'estirava.

Al Rocco hi havia força gent, i en un racó hem descobert la colla de l'Hugo i l'Omar.

—Merda —ha murmurat en Max.

—Estimada clientela del Rocco! —ha exclamat el pesat de l'Hugo posant-se dempeus sobre el seu tamboret—. Donem la benvinguda als màxims representants de la policia intergalàctica!

La gent ens ha mirat, i en Max ha fet una reverència teatral.

—Sabíeu que en Rocco ha tancat el bar i ha posat una granja de truges? —ens ha dit en Max en veu alta, perquè el sentís tothom.

—No vull esbroncades, nanos —ha remugat l'amo des de darrere el taulell.

Hem ocupat l'única taula rodona que quedava lliure, al costat de la de l'Hugo.

—Sembla que el nombre de policies ha augmentat —ha comentat l'Omar en descobrir en Biel—. Que hi ha hagut reestructuració de plantilla, capità?

—Voleu fer el favor de passar de nosaltres, brètols? —els ha increpat la Lua.

—Ui, quina por! —ha dit l'Hugo—. La comandant en cap no està de bon humor!

—Hugo, nen! —ha dit en Max, gesticulant com si parlés amb un ximple—. Això, bar. Això, no clínica. Tu, bar. Tu, comportar-te com persona sana. Nosaltres, no companys psiquiàtric...

—Sempre tan ocurrent... —ha comentat l'Hugo—. Llàstima que les ocurrències no s'avaluïn. Seria l'únic crèdit que aprovaries...

—I en Biel està solet? No ha vingut en companyia del seu protector? —ha dit l'Omar fingint la veu d'una doneta.

Els altres s'han posat a riure, i en Biel ha negat amb el cap, com dient que no hi havia res a fer. En Rocco s'ha acostat a demanar què prendríem i la Marta li ha demanat si podia consultar l'horari de les pel·lícules des de l'ordinador del taulell. Mentre esperàvem les begudes i la Marta buscava la informació en xarxa, en Max no s'ha pogut estar de preguntar a en Biel sobre el noi a qui s'havien referit els de la taula de l'Hugo.

—És un amic. No em protegeix —ha dit.

Hem notat que no volia parlar del tema.

—Però és molt més gran que nosaltres... —ha comentat en Max.

La Lua li ha ventat una coça per sota la taula.

—Sí, és més gran —s'ha limitat a informar en Biel.

—Però... —ha insistit en Max.

—Però res. Hi ha alguna pel·lícula que es pugui veure? —ha preguntat en Biel a la Marta per desviar el tema de la conversa.

En Biel havia vist totes les pel·lícules; la Marta i la Lua, gairebé totes, i en Max i jo no n'havíem vist ni una, ni teníem ganes de veure'n cap.

—I si ens acostem al Sunlight? —ha proposat la Lua.

El Sunlight era el darrer parc temàtic que havien inaugurat, i es basava en el Sol i les constel·lacions. Tothom deia que era molt divertit.

—Podem provar-ho, però un dissabte a la tarda estarà ple com un ou.

L'Omar, des de la taula del costat, devia haver escoltat la nostra conversa.

—Voleu venir a la festa de la Jessy? Nosaltres hi anirem d'aquí a una estona —ens ha dit.

—Ningú no ens ha convidat a ca la Jessy —ha comentat la Marta, deixant ben clar que no hi havia gaire bona relació entre ella i l'amfitriona de la festa.

—No és per convidada oficial —ha insistit l'Omar—. És festa d'aniversari lliure i de pagament. Pot anar-hi qualsevol.

He comentat que podia ser una opció, tot i que sabia que a les nostres amigues la Jessy no els queia gens bé.

—Segur que hi ha bona música i bon menjar.

—Ni que fóssim uns morts de gana! —ha exclamat la Lua, amb menyspreu.

—Què? Us animeu? —ha preguntat l'Hugo, que s'havia aixecat de la cadira i es posava l'anorac.

—Hi ha una edat mental recomanada, Hugo? Si vosaltres hi aneu, vols dir que no estarem molt per sobre de la mitjana?

—Potser l'amiguet d'en Biel sí que estarà per sobre de la mitjana. D'edat, és clar —ha replicat l'Hugo, irònic.

Nosaltres ens hem quedat una estona més al bar discutint si valia o no la pena anar a la festa de la Jessy. Després d'una votació hem decidit anar-hi, sobretot perquè el local era a la vora i al carrer hi feia molt fred. La Marta deia que si ho hagués sabut s'hauria posat un altre tipus de roba; que allò que duia no era per anar a una festa. Mentre caminàvem cap al local s'ha posat a ploure bastant fort. Un grup d'indigents s'havia refugiat sota la porxada d'un edifici i demanaven caritat a crits. Uns curiosos amb paraigües feien rotllana al voltant d'un cos inert mentre esperaven l'arribada d'una ambulància.

En Max i en Biel no han parat de xerrar sobre el MAX, sobre les regles del joc, la base de dades i els 234. Quan hem arribat al local, en Biel s'ha separat una mica de nosaltres i ha fet una trucada des del mòbil.

Ens han fet pagar vint euros per entrar, i el noi de la porta ens ha informat que si dúiem algun regal per a l'amfitriona el deixéssim en una capsa enorme que hi havia a l'entrada. No dúiem res per a l'amfitriona, per la qual cosa hem passat de llarg de la capsa i hem anat a deixar els anoracs i les caçadores al guarda-roba. La noia que atenia darrere el taulell era la Meritxell, la de la nostra classe. S'ha sorprès de veure'ns allà, però ho ha dissimulat prou bé.

—Que us divertiu —ens ha dit mentre ens donava els tiquets numerats.

L'ambient era *dark*, com calia esperar. La Marta ha dit que no pensava anar a ballar al centre de la pista tal com anava vestida, i que es quedaria a la part del darrere. Amb l'entrada hi anava inclosa una copa i un detallet, que ha resultat ser un minidisc amb cançons seleccionades per l'amfitriona.

—No el penso posar ni un sol cop a la vida —ha comentat la Lua mentre mirava la portada amb cara de fàstic.

La gent ballava al voltant de la Jessy, que anava vestida molt extremada, encara que tot just havia complert setze anys. Els seus pares i alguns amics adults se la miraven des de l'altell, amb una copa de cava a la mà. Tots pensàvem que eren uns bons pares, perquè havien ajudat molt la seva filla quan va tenir aquells problemes tan seriosos feia un parell d'anys. No la van internar ni res: ho van patir tot a casa, fent-li costat. Això ho fan pocs pares, i la Jessy estava molt orgullosa d'ells.

La colla de l'Hugo feia el brètol al mig de la pista. S'hi havien afegit unes quantes noies tan superficials com ells. En Max i jo hem anat a ballar una estona. Hem saludat la Jessy, li hem desitjat bon aniversari i li hem fet dos petons a la galta.

—M'alegro que hàgiu vingut —ens ha dit.

En Biel i les noies s'han quedat a la part del darrere, prenent la consumició i saludant altra gent de l'institut. Més tard, uns amics de la Jessy han fet una *performance*, i uns altres han sortit a tocar música *dark*. L'ambient de la festa era bo, tot s'ha de dir, i fins i tot la Marta i la Lua s'ho estaven passant bé.

He mirat el rellotge i he vist que eren dos quarts d'onze. He dit als altres que jo aniria passant, perquè havia de donar sopar als pares. La Lua i en Max s'han quedat a la festa, i la Marta, en Biel i jo hem recollit les caçadores i hem marxat. A fora ja no plovia tant, i semblava que no feia tant fred.

—Cap on aneu? —ens ha preguntat en Biel.

—Agafarem el bus —ha contestat la Marta.

—Jo espero que em vinguin a buscar aquí —ha dit ell.

Ens hem acomiadat, i la Marta i jo hem caminat cap a la parada. Després de fer unes passes ens hem girat dissimuladament i hem vist en Biel a la vora del local, les mans a la butxaca i l'esquena recolzada a la paret. Tot d'una ha aparegut un cotxe i s'ha aturat davant d'ell. En Biel ha obert la porta i hi ha entrat. El cotxe ha sortit a tota velocitat del carrer.

He arribat a casa a les onze tocades i he escalfat les restes del dinar que havia preparat l'Aisha. Ha costat que el pare segués a taula.

—Estic mirant un programa molt interessant —ha al·legat, i jo li he dit que el podíem gravar, que ara era hora de menjar. Tan bon punt s'ha aixecat de la butaca, s'ha oblidat del programa i s'ha assegut amb nosaltres.

—Com ha anat el dia, rei? —m'ha preguntat la mare.

—Molt bé, mama.

—Heu après força coses a l'escola?

—Avui no he anat a escola, mare. Avui és dissabte.

—L'Aisha no ha vingut avui —ha comentat el pare.

Els he deixat engegada la pantalla de l'habitació i s'han posat el pijama abans de ficar-se al llit.

—Bona nit, Aleix. Fes-me un petó, rei.

He fet un petó a la mare i he sortit de l'habitació. A la cuina m'he preparat un got de llet per prendre'l a la sala. Abans d'engegar el reproductor d'imatges he passat per l'habitació dels pares, que ja s'havien adormit, i he apagat el monitor i el llum. He buscat una pel·lícula antiga per cable i n'he seleccionat una de finals del segle passat sobre una famosa discoteca que hi havia hagut a Nova York, sobretot perquè em venia de gust escoltar més música i viure l'ambient de gent que balla i no té problemes. M'ha entrat un missatge de text de la Lua, dient-me que ja havia arribat a casa i que en Max s'havia quedat ballant sol a la festa de la Jessy. M'he connectat i hem estat xerrant una bona estona, la Lua i jo, sobre la vida, sobre la Jessy, sobre en Biel i sobre tot plegat. A dos quarts de quatre he apagat la pantalla i he anat a dormir.

M'he despertat angoixat d'un somni quan encara era fosc. Havia mullat el pijama de suor, i m'ha costat adonar-me que el somni s'havia interromput i que havia tornat a la realitat. Perquè el pitjor de tot no ha estat el somni, en el qual, d'altra banda, apareixien la Jessy i els seus amics, el local, el camp ras contaminat de l'escola i l'Aisha, que se n'anava al Marroc; el pitjor ha estat que he despertat del somni a la butaca de l'oficina que en Max i jo tenim a la simulació. He sentit que em despertava de cop, i que en Max estava escrivint unes notes en un paper. «T'has adormit, noi», m'ha dit, i he fet que sí, i li he dit que havia somniat la festa de la Jessy, i en Max ha preguntat: «Quina Jessy?» I aleshores he pensat que en Max no era en Max d'ahir, sinó en Max adult de la simulació. I aleshores he despertat per segona vegada al meu llit, ara de debò, amb quinze anys i a casa dels pares.

He sortit del llit, i a la cuina he begut un got de llet freda, directament de l'envàs. M'ha semblat sentir veus a l'habitació dels pares i he tret el cap per la porta. El pare estava despert i assegut, amb el coixí fent-li de respatller. Estava mirant una pel·lícula en el vell DVD que l'Aisha havia guardat feia anys. M'ha impressionat el fet que el pare hagués trobat la capsa i hagués muntat l'aparell sense l'ajuda de ningú. Com ho havia pogut fer? Com havia sabut connectar-lo? Normalment no recorda ni com es despenja el telèfon.

—Pare, què fas?

Ell s'ha posat el dit als llavis per demanar-me que no parlés fort.

—No vull despertar la mare —ha murmurat.

—Qui ha connectat l'aparell?

Just aleshores, quan entrava a l'habitació i anava a seure al seu costat, he descobert que allò que mirava el pare era un minidisc antic, un dels que havia enregistrat ell mateix amb una vella càmera digital quan la Mar i jo érem molt petits.

—D'on has tret aquesta filmació, pare?

Ell m'ha tornat a pregar silenci amb el dit als llavis. He donat un cop d'ull als dígits lluminosos del despertador: eren gairebé les cinc de la matinada. El pare m'ha fet lloc al seu costat.

—És la meva filla —ha murmurat, assenyalant amb el dit la nena que corria amb una pilota als braços.

La Mar devia tenir sis o set anys. Duia una samarreta verda i uns texans descolorits i corria pel pis amb la pilota. El pare la seguia amb la càmera i per això la imatge de tant en tant es feia borrosa. Se sentia la veu de la mare: «Mar, reina, caureu tu i pilota!» La Mar s'aturava de sobte i mirava directament a l'objectiu de la càmera. «Així m'agrada», se sentia la veu del pare, «que siguis una nena riallera!» A continuació es veia una taula parada amb un enorme tortell de Reis al mig. El centre del tortell l'ocupava una reproducció en plastilina sòlida dels tres Reis d'Orient. Asseguda a taula hi havia la mare, amb un nadó als braços, que devia ser jo. Per l'esquerra apareixia la Mar agafada de la mà de l'àvia Rosa, que va morir poc després.

He apartat els ulls de la pantalla per observar el rostre del pare. Una llàgrima li corria galta avall, i els ulls li brillaven de valent tot contemplant aquelles velles imatges.

—Quin any devia ser això? —he preguntat.

—Doncs devia ser... a veure... deixa'm pensar... Tu encara eres un nadó, veus? La teva mare et té assegut a la falda...

Mentre xerrava m'he adonat que el pare era el pare d'abans de la malaltia. Ha continuat xerrant, es recordava de les dates, dels esdeveniments. Es recordava dels personatges, de les situacions. Recordava què ens havien portat els Reis aquell any. El pare m'ha passat un braç per l'espatlla, i he sentit un benestar que feia temps que no experimentava. M'ha abatut una son terrible: les parpelles em pesaven, i la tebior del llit m'acollia com una banyera d'aigua calenta. M'he quedat adormit de seguida.

A les nou m'he despertat. Encara era al llit dels pares, sota els llençols. Tots dos estaven adormits, i a fora resplendia la llum del sol. M'he mig incorporat i he descobert que l'antic aparell de reproducció de compactes ja no era sobre la tauleta, i també havia desaparegut el garbuix de cables sobre la catifa.

No he sabut què pensar: en el fons del meu cor hi havia la seguretat que l'episodi d'aquesta matinada havia estat un somni, un altre somni traïdor, com el que m'havia fet despertar a l'oficina simulada del joc d'en Max.

M'he dutxat, he preparat l'esmorzar i he esperat que els pares es despertessin. Hem esmorzat a taula, com cada diumenge. El pare tornava a ser el pare d'ara, el pare malalt. Li he preguntat d'on havia tret el DVD i com havia aconseguit endollar-lo. Ell m'ha mirat sense entendre de què li parlava. Els he demanat si volien sortir a passejar, tot i que jo no en tenia cap ganes. Per sort, com és habitual, han dit que no, que preferien seure davant de la pantalla.

He sentit unes ganes irreprimibles de sortir d'aquesta casa. He tret la bici del garatge i he pedalejat com un desesperat fins a casa d'en Max.

5

Però quina hora és, tio? Quin dia és avui?

He apartat en Max i m'he colat dins de casa seva. Encara anava en pijama. He hagut de picar el timbre unes vint vegades abans no he aconseguit despertar-lo.

—Tinc gana —li he dit, i he anat directament a la taula—. Has d'anar alerta, Max: hi ha coses que es comencen a fer malbé. Les hauries de posar a la nevera.

He agafat un entrepà de formatge i una llauna de Quickie.

—No hem de jugar avui o què?

—Aleix, amic meu —ha rondinat ell, gratant-se el cabell embullat que li cobria el front—, deixa'm respirar una mica, vols? No en tens ni idea de l'hora que me'n vaig anar a dormir ahir.

—Intueixo que has anat a dormir avui, fa només una estona.

—Tinc la sensació que m'acabava de ficar al llit quan has picat el timbre com si s'acabés el món, tio.

—OK. Tu dorm, jo em connecto al MAX. Després dinem junts.

—Tu sol? Al MAX tu sol?

De sobte s'ha obert una de les portes que donen al menjador i ha aparegut l'Omar fregant-se les parpelles.

—Es pot saber què és aquest escàndol? —ha preguntat mentre badallava.

—Què hi fas, tu, aquí? —li he preguntat.

—Què hi fas, tu, aquí? —ha repetit en Max.

Hem esmorzat tots tres asseguts a taula. L'Omar recordava vagament que havia trucat a casa seva, o potser havia deixat un missatge de text. No ho sabia del cert, però sospitava que alguna cosa havia fet per avisar els pares que no dormiria a casa.

—De tota manera no hi fa res. No és la primera vegada ni serà l'última —ha dit, encongint les espatlles.

—I jo et vaig convidar a dormir a casa meva? —ha preguntat en Max. No s'ho podia creure! L'Omar Hudein, el de la colla de l'estúpid de l'Hugo!

—Em vas dir que em podia quedar... Jo ho vaig entendre així.

—Vau prendre alguna substància? —he preguntat jo, mirant directament els ulls d'en Max.

—No! —ha exclamat. I a continuació s'ho ha repensat:— No ho sé...

—Segur que vas prendre alguna cosa. No pot ser que no recordis res, ni com vas arribar ni a qui vas convidar.

L'Omar no ha alçat els ulls del plat de cereals.

—Estava bé la festa, Aleix, i la música era bona, i la gent reia, i jo... no ho sé... jo estava a gust, i no em sentia un espantall...

—Vas prendre K9, Max. Tots els que ens vam quedar fins al final vam prendre K9 —ha dit l'Omar ben convençut, però sense alçar gaire la veu.

—K9? —he cridat jo, i m'he posat dret de cop—. K9? Pura merda K9 vas prendre?

—Va convidar tothom —ha afegit l'Omar mentre devorava un entrepà de pollastre—. Ell duia pasta, i va venir el venedor amb l'oferta, i ell va dir que convidava tothom. Així va ser, us ho juro.

—Tens només quinze anys, criatura de merda! —l'he escridassat—. Et podia haver agafat alguna cosa, tio irresponsable de merda! I segur que et va costar una fortuna...!

—Exactament es va gastar uns qua...

—Calla! —he interromput l'Omar amb un crit—. I tu ja pots anar desfilant cap a casa teva! Agafa els entrepans de merda que vulguis i desapareix! No et vull tornar a veure per aquí!

L'Omar, impressionat per la meva reacció furibunda, s'ha cordat, capbaix, les sabates, ha dit adéu amb la mà i ha sortit del pis. En Max seia a la cadira amb els colzes sobre els genolls i subjectant-se el cap amb les dues mans obertes.

—No ho havia d'haver fet —repetia.

—He tingut una nit de pena! D'ensurt i de pena, tio! I arribo aquí i em trobo el meu millor amic amb un brètol i sota els efectes del K9! Quina meravella de dia, noi! Quina meravella de dia de merda!

He agafat la caçadora i he anat fins a la porta del pis.

—Tornaré d'aquí a una estona i et vull veure dutxat i vestit!

I he sortit donant un cop de porta.

He agafat la bici i no he parat de pedalejar fins al lloc on fa temps hi havia el poble de Vilabertran, del qual només queda el campanar de l'església. M'he assegut a la vora d'un camp d'espígol i he deixat vessar unes quantes llàgrimes de ràbia. He recordat la meva germana Mar i el dia que va venir a casa amb una amiga del col·legi i es van tancar a l'habitació. Jo volia que em deixessin entrar, i elles s'hi negaven. «Ets encara un merdós!», em deia a través de la porta. La mare es va acostar al passadís on jo bramava i va obligar les noies a deixarme entrar. Finalment, la Mar va accedir de mala gana. Recordo que jugaven a l'ordinador, i parlaven del K9. Jo no sabia què era allò. Va ser la primera vegada que vaig escoltar aquell nom. Després, malauradament, el vaig sentir moltes vegades des que la Mar se'n va anar.

He tornat a casa d'en Max. M'esperava a la porta del pis, dutxat, vestit i pentinat. Havia llençat les coses de la taula que s'havien fet malbé i fins i tot havia endreçat una mica la seva habitació.

—Ho sento, Aleix.

—Ho hauries de sentir per tu, no per mi.

M'ha fet un petó a la galta.

—Juguem al MAX —li he proposat.

Anem a l'hospital per conversar i fer moltes preguntes a l'Else Marie, però resulta que l'inspector ha enviat un dels seus homes a recollir-la per anar a confirmar alguns aspectes de la declaració. La infermera en cap no sap a quina hora tornarà, i per això ens decidim a agafar el cotxe i anar a la residència geriàtrica de Roses: volem demanar a la Leo si ha sentit parlar mai del nét del senyor Pallissera.

De camí, al cotxe, en Max i jo repassem tota la història de les aparicions dels avis, i pensem que la hipòtesi de l'inspector té més sentit del que ens pensàvem ahir, i que si l'Else Marie no vol denunciar l'existència d'un home misteriós que es va entrevistar diverses vegades amb la seva amiga, és perquè aquest home és un contacte, i té la clau que permetrà a la Hanna trobar el seu nét. Si l'Else Marie adverteix l'existència d'aquest home i la policia el pesca, s'esfumaran les possibilitats de trobar en Kalman.

—Però, i si tot és mentida, com diu l'inspector? —es pregunta en Max en veu alta—. I si el que realment volen és només enredar i extorsionar els avis?

—Però la Hanna té l'esperança, i això és el més important i el que compta —li dic—. La Hanna prefereix viure amb el dubte de si aquell home la durà allà on s'amaga en Kalman. Jo l'entenc. Potser jo també ho faria.

—Però no és la veritat! Ella sap que l'estan enganyant! Si més no l'Else Marie ho sap i li hauria de fer veure l'engany!

—Però i si no és un engany? I si fos veritat? Si només hi hagués una petita part de veritat... o una pista dubtosa... no ho sé...

—Però és un engany, Aleix! Estan apareixent jubilats gairebé cada dia! A tots els han estafat!

La Leo s'alegra molt de veure'ns. A mi em sembla que s'alegra una mica més de veure en Max que a mi. Ens diu que arribem just a l'hora del cafè i ens convida a acompanyar-la a la saleta on el personal esmorza.

—Tenim una cafetera. Us convido a un cafè.

La Leo fa broma amb dues dones que seuen a la sala amb nosaltres, i els demana si havien vist mai polis tan eixerits.

—No som polis, Leo.

—Bé, investigadors. Eh, noies? N'havíeu vist mai, de tan atractius?

Les dones riuen i comenten que la Leo és un tabalot. Quan les dones tornen a la feina, parlem sobre el vell Pallissera, la seva filla i el seu nét.

—Sí, teniu raó —diu la Leo, tota pensativa—. L'avi Pallissera havia parlat algun cop del seu nét Benjamí. Que si en Benjamí és el que m'estima més, que si en Benjamí em traurà d'aquí i em tornarà a casa... I un cop, en una de les comptadíssimes visites de rigor de la seva jove, la dona que us ha contractat, vaig parlar amb ella sobre el seu pare i sobre la família. Quan vam tocar el tema dels néts, no va esmentar cap Benjamí. Aleshores li ho vaig preguntar jo: «Qui és en Benjamí? Perquè de tant en tant el seu pare parla d'un tal Benjamí i es pensa que és nét seu.» La dona va fer cara de pomes agres, però va dissimular prou bé. «No li faci cas, pobre home», em va dir, «Benjamí, el fill del meu germà, va morir fa uns quants anys.» I aquí jo vaig callar i vaig decidir que, definitivament, el vell Pallissera perdia la xaveta. Com m'havia de pensar que m'enganyava, aquella senyora tan fina i educada? Doncs, patapam, ja me la va fotre!

—I ben fotuda —li dic jo—. Perquè en Benjamí és viu, tot i que no saben on és. Sembla que va fugir de casa i no ha donat més senyals de vida.

Aleshores la Leo es posa la mà a la boca, tota sorpresa.

—Esteu insinuant que en Benjamí va venir per emportar-se l'avi? Voleu dir que avi i nét han fugit junts?

—No, no exactament. El que sospitem no t'ho podem dir encara, perquè la investigació està tot just iniciada. Però et demanaríem que si tu o alguna companya teva recordéssiu la visita d'un jove preguntant pel senyor Pallissera, ens ho féssiu saber al més aviat possible.

—A mi no em sona haver-lo vist mai...

—Potser no venia ell —suggereix en Max—. Potser era l'avi que anava a buscar-lo...

—A buscar-lo? On?

—No ho sabem. Però hem sentit rumors que per aquí als voltants hi ha una mena de comuna o campament de joves.

—Joves excursionistes?

—No, joves drogoaddictes. N'has sentit mai res tu, d'això?

—No. És la primera notícia.

La Leo ens acompanya a la sala més espaiosa de la residència, on la majoria d'avis seuen en butaques per mirar la tele o conversar. Saludem els dos companys habituals del senyor Pallissera, que de vegades l'acompanyaven a fer una volta per Roses abans de dinar o de sopar.

—Anàvem cap al passeig i caminàvem a la vora de la sorra. I algun cop havíem entrat en una taverna a fer un glop —explica un d'ells, i de seguida mira cap a la Leo, que l'interroga amb uns ulls inquisitius—. Un glop petit, o una aigua, vull dir.

—Pel vostre bé espero que fos una aigua —diu la noia.

—Sí, sí, una aigua —ratifica el seu company.

—I compràvem el diari local —reprèn l'explicació el

primer—, i de vegades entràvem a la botiga de les infusions a comprar herbetes, o sèiem a la plaça de Catalunya a veure com jugaven a la petanca...

Tots dos coincideixen a l'hora d'afirmar que el senyor Pallissera no visitava ningú durant les sortides, i que mai no havia quedat amb cap familiar seu fora de la residència. Coneixen la filla i una néta del seu antic company, les havien vist un diumenge de festa. Però a part d'aquelles dues dones no havien conegut cap altre familiar, tot i que el senyor Pallissera parlava sovint d'un tal Benjamí, que sembla que era nét seu i que vivia lluny de la comarca.

—Però no l'havien vist mai, aquest Benjamí? —insisteix en Max.

—No, mai.

La Leo ens acompanya a la porta d'entrada i ens assegura que estarà al cas de tot i que interrogarà a fons els antics companys d'en Pallissera per refrescar-los la memòria.

—Si m'assabento d'alguna novetat, us telefonaré de seguida.

Ens dirigim en cotxe a la comissaria de Roses. Si tenim sort, l'Else Marie encara hi serà. Quan arribem, un mosso ens informa que la senyora Müller està reunida amb l'inspector i dos homes més. En Max proposa esperar-la fora de la comissaria, i deixa una nota al mosso perquè la doni a l'Else Marie quan acabi la reunió.

L'esperem asseguts a la terrassa del bar Si us plau. El sol és tan fort que ens hem de posar les ulleres fosques per mirar el mar sense fer patir els ulls. Proposo recórrer tota la comarca per comprovar si la comuna existeix o si, com pensa l'inspector, és una invenció dels extorsionadors.

—Encara que no fos veritat... Per què han escollit aquest lloc per portar els avis? Potser no es tracta de delinqüents alemanys, sinó de gent d'aquí. Alguna cosa se'ns escapa, Max.

L'Else Marie ve caminant tranquil·lament pel passeig i sembla que s'alegra de veure'ns quan ens descobreix a la terrassa.

—Recordo aquest bar de l'altra vegada. Hi vam venir amb la Hanna.

—Com ha anat amb l'inspector? Ahir vam estar parlant amb ell. Suposo que ja li ha dit que van trobar un altre home a l'Escala.

—Sí, ho sé.

L'Else Marie no sembla tan oberta ni confiada com les altres vegades, i el seu comportament ens desconcerta una mica. Demana un cafè amb llet al cambrer i ens pregunta si la convidem a un cigarret. En Max li ofereix el paquet i ella n'agafa un.

—Ha parlat amb l'inspector de l'home que es va entrevistar amb la Hanna?

—No —diu després d'una pausa que aprofita per fer una pipada al cigarret—. D'aquest tema no n'hem parlat encara.

—Per què? No ho acabem d'entendre —li confesso.

—Ho faig per la Hanna. Vull que sigui ella qui em digui què he de fer. No sé res del que va passar des que ens vam acomiadar a la Jonquera i, per tant, no sé si ha aconseguit allò que volia. Per a la Hanna, ja us ho vaig dir, el més important és trobar sa i estalvi el seu Kalman. Quan recobri la consciència m'explicarà com van anar les coses durant aquests quinze dies misteriosos, i si necessita encara aquell home per arribar fins al seu nét.

—Per tant, és cert allò que ens va explicar l'inspector... —murmura en Max.

—A què es refereix? —pregunta l'Else Marie.

—Ens va comentar l'existència d'una xarxa d'extorsionadors a escala internacional que contacta amb familiars de joves perduts. A través d'una pàgina web es comuniquen amb ells i els informen de la possible localització dels joves. Els familiars s'ho creuen, hi confien, paguen les despeses, no ho anuncien a la policia, vénen aquí i els deixen escurats com rates. Aquesta és la teoria.

L'Else Marie mira el mar davant nostre i assenteix amb el cap.

—Més o menys —diu— aquesta és la situació que va viure la Hanna. Jo mateixa ho vaig corroborar en la meva declaració. —L'Else Marie fa un glop de cafè amb llet i s'eixuga una llàgrima que li corre galta avall.— La Hanna va contactar amb aquesta gent a través de la xarxa informàtica —ens explica—. Va seguir totes les passes i va acomplir totes les condicions. Només se'n va saltar una, que era l'obligatorietat d'assistir sola a la trobada. Va venir amb mi.

—El contacte ho va saber, doncs, que vostè havia vingut amb ella...

—Sí, i per això, suposo, li van dir que jo me n'havia d'anar. Que la portarien fins al seu nét quan jo fos fora. Era la condició indispensable.

—Ho hauria de denunciar, senyora Müller —li dic.

—No ho faré. No ho puc fer —es lamenta—. Vaig prometre a la Hanna que no faria res que pogués perjudicar-la. Si quan ella es trobi bé em diu que tot ha estat un engany i que li han robat molts diners, que li han fet xantatge, o què sé jo, aleshores ho denunciaré.

—Va veure l'home?

—No. Quedaven a Roses, i jo no hi anava. Jo l'esperava a l'hotel.

—Li va dir com era? On es trobaven?

—Me'n va parlar poc. Estava convençuda que tot anava bé i que aviat trobaria en Kalman. «Vés-te'n tranquil·la, Else», em va dir a l'àrea de servei de la Jonquera, «aquesta gent m'ajudarà i no tindré cap problema.» Insisteixo: n'estava convençuda.

—Si vostè ens aporta alguna dada, nosaltres buscarem l'home. El trobarem, li ho asseguro, i aquest bandarra, si és que realment es tracta d'un bandarra sense escrúpols, no es riurà mai més de ningú. És una indecència jugar amb l'esperança i la desesperació de les persones.

—No sé res d'ell, de debò. Haurem d'esperar que la Hanna es millori i aclareixi tot el que va passar durant els quinze dies posteriors a la nostra separació.

Acompanyem la dona a l'hospital de Figueres i pugem a veure com es troba la seva amiga internada. L'equip mèdic que la porta ens diu que la recuperació és lenta, que ha començat a reconèixer les persones que té al seu voltant. No parla gaire, i quan ho fa és en alemany. L'Else Marie ens informa que diu coses sense sentit, i que sovint es refereix al seu nét, però parla sense coherència. Els metges no saben encara quina mena de substància ha pres, perquè els efectes i les seqüeles els resulten desconeguts, i barregen hipòtesis sobre noves drogues de disseny. L'Else Marie s'acosta al llit de la Hanna, que l'observa amb ulls brillants i li allarga la mà. «Ich bin shon wierder da. Sei ruhig, meine Liebe»,* li diu a cau d'orella.

* 'Ja torno a ser aquí. Estigues tranquil·la, estimada.'

En Max proposa dinar en un restaurant de menú, i estem a punt d'entrar-hi quan sona el meu mòbil.

—Aleix, em sembla que tinc una cosa que us pot interessar —m'anuncia la Leo des de la residència geriàtrica de Roses.

Decidim que l'estómac es pot conformar amb un entrepà. En comprem un parell en una fleca i sortim disparats en cotxe cap a Roses.

La Leo ens espera al seu despatx.

—Un dels avis ha consentit a revelar-me certa informació. Es tracta d'un dels amics d'en Pallissera amb qui heu xerrat aquest matí. Resulta que tots dos es van apuntar al curset d'informàtica que vam organitzar l'any passat, i aquest setembre han volgut repetir i s'han apuntat a un altre sobre Internet. Quatre nocions de com poden navegar, buscar pàgines, emmagatzemar informació... El company d'en Pallissera m'ha confessat que algunes tardes la noia de comptabilitat els deixava una estona l'ordinador perquè poguessin navegar per la xarxa. «I què miraven, Quimet? Pàgines porques amb dones conilles?», li he preguntat jo, fent broma, i ell, tibat com un rave, m'ha dit que no, que en Pallissera buscava coses interessants. Quan ha dit això he acudit ràpidament al despatx i he parlat amb la noia, que m'ha confirmat que els dos avis acudien tarda sí i tarda també i es connectaven una estona amb el seu vistiplau. Com que habitualment ningú no es connecta des d'aquell ordinador, he pensat que podia esbrinar si havien quedat enregistrades les pàgines que havia obert en Pallissera abans de la seva desaparició. I he tingut sort. Acompanyeu-me.

Pugem a la primera planta, allà on tenen el despatx de direcció i on treballa la noia de comptabilitat. La Leo ens presenta, i seu al costat de la noia, davant de la pantalla. Es connecta a Internet i busca les darreres pàgines webs obertes pels usuaris de l'ordinador. Amb el dit sobre la pantalla, ens mostra la primera adreça electrònica, la que ella ha obert abans de trucar-nos.

—Aquí la teniu. Searchingboys.net. El títol m'ha sonat estrany, i he volgut saber què era. —La Leo fa un clic sobre l'adreça, i de seguida s'obre la pàgina web.— Ho veieu? Va de persones desaparegudes. De joves desapareguts. Segur que la va obrir en Pallissera.

Demanem a la Leo i a la secretària si ens poden deixar sols una estona mentre consultem el contingut de la pàgina. Les dues dones surten del despatx i en Max i jo seiem a la taula, l'un al costat de l'altre.

Searchingboys pot obrir-se en diferents idiomes. La pàgina de presentació informa de l'associació que finança i posa al dia la web, un grup sense ànim de lucre els membres del qual, havent passat per experiències similars, ajuden familiars desesperats a buscar gent desapareguda. Afirmen estar en contacte amb la policia de gairebé tots els països del món, la Interpol, la CIA i un munt d'investigadors privats que treballen gratuïtament per a l'associació. En la recerca, informen, hi col·laboren ONG, comunitats cristianes i d'altres religions, ajuntaments i governs d'arreu del planeta. «Sabem que per a tu la vida només té sentit si recuperes la persona que més estimes. Nosaltres, modestament i des de Searchingboys, lluitem per la teva salvació», llegim en un dels missatges escrits a la pàgina, de to clarament messiànic.

—Sembla que porten un rotllo mig religiós —comenta en Max—. Vés a saber si es tracta d'una secta.

Garanteixen una total confidencialitat i primer de tot

demanen el país d'on procedeix la persona que es busca. Fem un clic sobre «Espanya», i s'obre una nova pàgina. Hi apareix un formulari per omplir amb les dades de la persona desapareguda: el dia de la desaparició, la possible causa, si se sap, i el lloc on se suposa que pot estar. El formulari, un cop omplert, s'envia, directament des d'allí, a una adreça electrònica. Els sol·licitants han d'escriure també l'adreça electrònica o postal on l'associació ha d'enviar el resultat de la recerca.

—És probable que, si el vell Pallissera va utilitzar el servei, no donés cap adreça electrònica, perquè no en tenia —diu en Max—. Segurament va donar l'adreça postal de la residència.

—Jo també ho penso.

Ens mirem l'un a l'altre en silenci. Tots dos tenim la mateixa idea: enviarem un formulari complet i donarem la nostra adreça de correu electrònic per posar-nos en contacte amb l'associació.

—A qui fem veure que busquem, Max?

En Max, rumia un moment, i de seguida tecleja el seu nom.

—Ets tu!

—Per què no? Puc descriure'm bastant bé —comenta amb un somriure.

La nostra petició és la següent: busquem un noi anomenat Max Oliva, desaparegut a Figueres el 2 de juny del 2002. Possible causa de la desaparició: drogues. A continuació, en Max especifica les seves dades personals, el seu aspecte físic, les seves aficions, la manera de vestir. Acabem l'informe dient que possiblement es troba a la mateixa zona on va desaparèixer, l'Empordà, i adjuntem la meva adreça electrònica.

Fem un clic a sobre l'ordre «Enviar formulari», i de seguida s'obre una finestreta amb un segon qüestionari. Allí se'ns pregunta si el cas està en mans de la policia o si ja ha prescrit, si hi ha alguna comissaria investigant la desaparició i si hi ha alguna demanda als jutjats. En Max contesta «No» a totes les preguntes.

Tornem a la pàgina principal i llegim testimonis de persones d'arreu del món que han aconseguit recuperar els seus éssers estimats amb l'ajuda de l'associació. Mares eufòriques que expliquen com es van retrobar amb els seus fills; àvies agraïdes que utilitzen un llenguatge passat de moda per informar sobre la recerca dels seus néts. El to religiós es fa encara més palès en aquests testimonis. En Max opina que tot és fals, que segur que darrere de cada història hi ha un escriptor de mala mort que se les inventa en canvi d'uns quants euros.

Abans de marxar preguntem a la Leo si per casualitat el senyor Pallissera disposava d'adreça electrònica, i ella assegura que no, però de totes maneres ho confirma amb la secretària.

—Si va rebre alguna carta per correu postal, se la va endur ell o bé la seva filla. Ara l'habitació l'ocupa un altre resident. Tot el que quedava d'en Pallissera és el que us vaig mostrar el primer dia que vau venir.

Tornant cap a Figueres ens preguntem si la filla, la nostra clienta, s'hauria pogut endur la carta de l'associació Searchingboys que possiblement va rebre el seu pare si és que, com sospitem, es va arribar a posar en contacte amb la web.

—Si la dona pretén amagar les pistes —diu en Max—, serà difícil que ens la deixi llegir.

—Vés a saber si ella mateixa ha engegat una investigació paral·lela.

Ens quedem tota la tarda al despatx, consultant pàgines web i fent trucades a diferents poblacions de la comarca provant de trobar la localització exacta de la comuna de ionquis. Les poques dades que aconseguim resulten insuficients i descoratjadores. Cap al tard agafem el cotxe i ens dirigim a Albanyà, on sembla que s'hi ha establert un col·lectiu de joves. En una masia enmig de la muntanya hi viuen tres famílies alternatives que s'autoabasteixen de les verdures que creixen al seu hort, del pa que couen en un modest forn de llenya i del poc bestiar del qual tenen cura en una establia ronyosa. Són gent agradable i sana, amb un munt de fills que corren pels voltants de la casa i que van a l'escola pública del poble. Ens conviden a un te amb pinyons a la manera àrab, i durant la conversa no trobem cap indici d'allò que busquem. Quan tornem al despatx descobrim un missatge a la meva bústia de correu electrònic: els de l'associació Searchingboys m'han enviat una contesta.

Llegim amb el nas enganxat a la pantalla. Em saluden cordialment, i a continuació m'exposen el resultat de les seves perquisicions. M'informen de la possibilitat que la persona que busco, Max Oliva, estigui vivint en un dels molts assentaments il·legals de toxicòmans que hi ha arreu d'Europa, amagats de tothom i sense control per part de les autoritats. «Són molts els joves que han buscat refugi en aquests llocs, i membres de l'associació han tingut l'ocasió de visitar aquestes comunes per recuperar els seus familiars. Podem dir-li, amb una gran pena al cor, que les condicions de vida en els assentaments són terribles, i que caldria una intervenció ràpida per rescatar-lo abans que no sigui massa tard.» A continuació, i d'una manera poc clara, em conviden a posar-me en mans d'un contacte que l'associació té a la zona on visc i evitar la intervenció de la policia, ja que «una actuació de la policia alertaria els joves i els posaria en disposició de fugir, cosa que complicaria, potser de manera irremeiable, la seva salvació. Confiï en nosaltres, senyor Ortensi. La nostra associació sap com cal actuar en casos com aquest, i farem tot allò possible perquè vostè aconsegueixi el seu objectiu que, igual que el nostre, és rescatar les persones estimades del pou terrible on ha caigut la nostra joventut.» Finalment m'informen de com puc establir contacte, mitjançant un número de mòbil, amb la persona que em donarà suport i em proporcionarà la informació.

—Te n'adones? —faig veure a en Max—. A la pàgina web informen de les connexions de l'associació amb la policia de tot el món per donar solvència i confiança, i en canvi ara, quan ja et tenen a les seves mans, t'obliguen a renunciar a l'acció policíaca.

Dubtem si continuar el joc o informar directament l'inspector. En Max encén un cigarret i fa unes pipades mirant pel balcó.

— No ens precipitem, Aleix. Truca al número de mòbil.

Hi truco de seguida. Em contesta un home, possiblement l'home amb qui es va reunir la Hanna Matteus a Roses.

—Encantat de sentir-lo, senyor Ortensi —em saluda—. La gent de l'associació s'ha posat en contacte amb mi per anunciar-me la seva trucada.

L'home parla català amb un deix afrancesat i monologa com ho faria un guia turístic o un venedor d'assegurances. Em demana primer de tot quina relació de parentiu tinc amb el desaparegut Max Oliva i insisteix sobre el tema de la policia.

—La nostra organització treballa directament amb les famílies, senyor Ortensi. Perquè entenem que en un cas d'aquestes característiques allò principal és trobar la persona desapareguda. Malauradament, encara que ens dolgui reconèixer-ho, les intervencions policíaques no serveixen per a res, i són les paraules d'un pare o d'un avi les que fan que el jove s'hi repensi i torni a casa. El nostre desig, i en això li fem costat, és trobar en Max per fer-li veure que s'ha equivocat i que encara és a temps de refer la vida. Nosaltres no pretenem arribar a ell amb una ordre judicial ni encanonar-lo amb una pistola, m'entén què vull dir?

Jo li dic que hi estic d'acord, que el que més m'interessa és trobar el meu cosí esgarriat i demano si tot això l'associació ho fa de manera altruista o si hi ha unes despeses que he de pagar. L'home dóna mil voltes abans de centrar-se en el tema dels honoraris que cobra per fer el servei i en allò que cobra l'associació per poder tirar endavant la seva funció social. Total, que em demanen una quantitat que em serà comunicada el dia que ens trobem cara a cara. Li demano quin dia pot ser aquest. L'home fa veure que consulta una agenda mentre parla de les seves obligacions ja programades i, finalment, quan jo fingeixo una impaciència terrible i fins i tot simulo deixar anar unes llàgrimes, em cita l'endemà al matí, a primera hora, a Roses, a la porta de l'última de les peixateries del moll.

—Ja el tenim —anuncio a en Max quan apago el mòbil.

Abans de tancar el despatx per anar a sopar, sona el telèfon. En Max el despenja i sento com diu «Bona nit, senyora Pallissera» abans de passar-me l'auricular.

—Vull que abandonin el cas, senyor Ortensi. Prepari la factura amb els honoraris i li abonaré la quantitat de seguida.

—Ha trobat el seu pare? —pregunto, atònit.

—S'ha posat en contacte amb nosaltres, senyor Ortensi. Ens ha comunicat on és i què fa. No hi ha cas, senyor Ortensi.

En Max em mira incrèdul i fa un gest perquè continuï preguntant.

—I els ha explicat on havia estat fins ara, senyora Pallissera?

—El cas està resolt, senyor Ortensi. Gràcies per tot. Espero la seva factura. Bona nit —diu abans de penjar.

He deixat en Max a casa seva, assegut a la taula i menjant un entrepà. No ens hem dit gairebé res quan hem desconnectat el MAX, només que ja ens veuríem demà a l'escola.

He agafat la bici i he pedalejat pels carrers foscos de la ciutat. Un diumenge al vespre no passeja ningú ni són obertes les botigues, llevat de les de servei de vint-i-quatre hores ateses per immigrants regularitzats. En un semàfor m'he situat al costat d'un furgó de la policia d'immigració que anava carregat de detinguts. Els he vist per la finestreta enreixada del vehicle, tots capbaixos i foscos. La majoria eren dones amb nadons als braços. El policia que conduïa m'ha fet l'ullet i jo he desviat la mirada.

Mentre pedalejava pensava que havia estat un dia

molt trist, un dia que no pagava la pena haver viscut. Un dia que no pagava la pena recordar, tot i que probablement ho faria sovint.

Els pares seien davant de la pantalla, morts de gana. No havien dinat ni berenat, i han engolit com afamats dos plats de pasta de preparació instantània. He observat el pare mentre menjava, provant de trobar un rastre de la lucidesa que mostrava ahir mirant la filmació de la Mar, si és que realment allò havia succeït de debò. No he sabut què pensar.

La mare m'ha preguntat per l'escola i no m'he vist amb cor de contradir-la. Li he dit que havia anat molt bé, com sempre, i que havia après moltes coses noves.

—Així m'agrada, Aleix. Has d'estar preparat per al futur.

«Quin futur, mare?», he pensat. «Un futur com el vostre? Un futur agressiu i sense compassió com el de la Mar? Un futur de K9 per a en Max? Un futur per presenciar com la societat s'esquerda, com les ciutats s'enfonsen, com la gent és detinguda sense haver comès cap delicte?»

Seria millor preparar-me per a un passat virtual, com el del MAX, connectar-me a un joc etern i sense retorn, i poder gaudir de la vida que vull viure, encara que sigui inventada.

6

A l'hora d'esbarjo hem estat amb en Biel. En Max i ell no han parat de xerrar del simulador, de com hi jugava cadascú. La Marta i la Lua s'han enfadat, perquè elles s'estimaven més xerrar d'altres coses. A l'hora de dinar, els amics de la Jessy s'han acostat a saludar en Max, i ell s'ha sentit incòmode, perquè jo era a la vora, i sabia que em dolia recordar els episodis del dia de la festa. La Jessy estava molt simpàtica amb ell, com si s'haguessin convertit en grans amics. Els de la colla de l'Hugo, en canvi, s'han distanciat i no s'han apropat ni un moment a emprenyar-nos com fan habitualment.

Darrere del vidre precintat, un munt de gent treballava sobre el terreny contaminat. Ja no eren solament els operaris amb els escafandres, sinó que hi havia policia anticontaminació, autoritats i membres del departament de sanitat. Hem estat testimonis de com el director de l'escola, prudentment protegit amb una mascareta, s'ha acostat al grup i ha conversat amb els treballadors. El director s'ha mostrat molt alarmat i escridassava els operaris exigint una explicació. Les autoritats l'han tranquil·litzat i li han mostrat els aparells amb els quals mesuren els nivells de contaminació. No sentíem res a través del vidre, però la situació no semblava gens engrescadora.

—La setmana que ve tanquen l'escola —ha dit la Lua—. M'hi jugo el coll.

En Biel ha tornat d'hora, molt abans que comencessin les classes de la tarda. Ell no es queda mai a dinar. Més d'un cop hem vist com surt de l'escola, camina uns metres, i de seguida el recull un cotxe amb el xofer misteriós. La Lua opina que es tracta d'un parent que el cuida, però la majoria de la gent no s'ho creu. Fins i tot hi ha rumors sobre un clònic, un personatge misteriós que és una còpia d'en Biel en gran, però això no s'ha pogut comprovar mai. De tots nosaltres, la Lua és l'única que té un pare i una mare com cal, tots dos treballadors, que viuen a casa amb ella. En Max també en té, de pares, però sovint són fora. En Biel havia explicat un dia a les noies que els seus pares van morir en un accident, i que primer havia viscut amb una tieta seva, però que la tieta se n'havia anat a viure a una altra ciutat i ell no l'havia volgut acompanyar.

—I amb qui vius, doncs? —li havien preguntat les noies.

—Sol.

—I aquell noi que et recull de vegades?

—És només un amic que m'ajuda —havia contestat en Biel.

Quan ha finalitzat la darrera hora lectiva, en Max m'ha anunciat que en Biel vindria a casa amb nosaltres, que li volia mostrar la simulació del MAX i modificar una mica el programa per perfeccionar-lo. Jo li he dit que no els acompanyaria, que preferia anar a casa i estar una mica amb els pares. En Max hi ha estat d'acord, i he vist com tots dos sortien de l'escola plegats.

Feia dies que no passava una tarda sencera a casa. He demanat a la mare si em volia acompanyar al supermercat a comprar, i ella primer ha dit que no, però he insistit tant que al final ha cedit.

Estic tan acostumat a comprar per Internet que se m'ha fet estrany passejar entre passadissos farcits de productes. Ja gairebé ningú no va als supermercats, només els immigrants i la gent més pobra, i tot és brut i decadent. La mare no ha fet cap comentari mentre recorríem el local amb el carret: s'ha limitat a aturar-se cada cop que jo em parava i agafava un producte del prestatge. Quan érem a la caixa fent cua, dos guardes de seguretat de l'establiment portaven agafada del braç una dona negra. Al darrere hi caminaven dos nens de sis o set anys, segurament fills de la detinguda. Els guardes han obligat la dona a entrar en una sala, fora de la vista dels clients, però no han permès entrar-hi els seus fills, que s'han quedat esperant la mare al costat d'una caixera, que ha tingut pietat d'ells i els ha ofert una xocolatina.

—Vols que comprem alguna cosa especial per a aquest vespre, mare?

La mare observava embadalida els nens que duien els llavis tacats de xocolata. Els somreia, i els nens li tornaven el somriure. M'ha sorprès que la mare s'emocionés amb una cosa que no fossin les retransmissions de la pantalla.

—Són tan bufons aquests nens...! —ha murmurat.

He carregat les bosses i a ella li he fet dur la barra de pa.

—Són tan bufons els nens —ha repetit la mare.

De camí cap a casa hem passat per un centre recreatiu per a mainada. A través dels vidres he vist com una colla de vint o trenta nens i nenes, segurament procedents d'una escola veïna, jugaven a les pistes de joc sota la direcció de les instructores. En una piscina hi havia mig metre d'escuma i deu o dotze nens corrien en banyador escampant amb l'impuls dels seus cossos centenars de bombolles de sabó que s'enlairaven.

—Entrem una estona aquí, mare. Hi ha un munt de nens bufons.

La mare i jo ens hem quedat gairebé una hora sencera contemplant les evolucions i les corregudes dels nens a les pistes de joc i a les piscines. Asseguts en un banc de plàstic, amb les bosses del súper als peus, m'he dedicat a assaborir la mirada inquieta de la mare i els seus riures quan algun nen o nena feia una trapelleria o queia. He passat una hora feliç, compartint la felicitat amb la mare, com feia temps que no succeïa.

Després de sopar he telefonat a en Max. M'ha explicat que havia passat tota la tarda amb en Biel.

—És un bon xaval, Aleix. I és un fan del simulador! M'ha ensenyat un munt de contrasenyes i maneres d'evitar 234.

—Heu entrat en la nostra simulació?

—Tu ets boig! —m'ha escridassat—. Com pots pensar que hi hem entrat? No ho faria per res del món, tio!

La nostra simulació és nostra, i de ningú més. De fet —ha dit després d'una pausa—, tampoc no hi hauríem pogut entrar: les dades dels jugadors són les nostres, i si entrés algú altre no acreditat, el joc li obriria un 234 amb penalització. M'ho ha dit en Biel.

—O sigui que li has proposat d'entrar... O t'ho ha proposat ell...

—Que no, Aleix! Et prometo que no!

He dormit bé, i m'he llevat molt d'hora. Abans de despertar els pares i preparar l'esmorzar, he estat mirant un tros d'una pel·lícula antiga que m'ha fet plorar.

He anat a l'escola en bici. Al carrer paral·lel al de casa meva hi havia hagut un accident, i he vist tres cossos inerts a l'asfalt, enmig d'un bassal de sang. Estaven coberts amb unes teles plastificades, però m'ha semblat que pertanyien a immigrants il·legals.

Abans d'arribar a l'escola un policia m'ha aturat i m'ha demanat la documentació. Li he mostrat el document d'identificació i el carnet d'alumne de l'escola.

—Avui no tindreu classes, noi. De tota manera pots passar i seguir les indicacions dels meus companys. Però has de deixar la bici aquí.

—Que ha passat alguna cosa? —li he demanat.

—Sembla que hi ha una radiació perillosa al terreny del darrere. Ara deixa la bici aquí, al costat de les altres. No pateixis, nosaltres les vigilarem.

He caminat a peu els metres que faltaven fins a l'entrada de l'edifici, però abans d'arribar-hi un segon policia m'ha tornat a demanar el carnet de l'escola i m'ha ordenat que em desviés cap a la dreta, cap al pavelló d'esports. A l'entrada hi havia un grup de professors i tres policies uniformats.

—Bon dia, Aleix —m'ha saludat la professora d'anglès—. Has de seure a les grades. D'aquí a una estona el director farà una xerrada i us comentarà l'estat de la qüestió.

Un cop dins, el professor d'esports ens separava per aules i nivells. Els del meu curs ocupaven les grades F de la secció 6. Allí m'he trobat amb la Lua, la Marta i en Max, tan esverats i sorpresos com jo mateix.

—Ni una setmana! Ja us ho vaig dir ahir! —presumia la Lua del seu bon ull.

La colla de l'Hugo estaven just a la grada de darrere nostre, a les grades G. En Julià, obsessionat com sempre amb el tema de les radiacions i les contaminacions, no parava de fer hipòtesis en veu alta perquè el sentís tothom.

—Sort que aquí tenim la policia internauta per salvar-nos, Julià —li ha dit l'Hugo quan s'ha adonat de la nostra presència a la fila del davant.

—Policia? On és la policia? Vénen per sotmetre'ns a una dutxa antiradiació? —ha preguntat, esverat, en Julià donant llambregades al seu voltant.

—Quan té la data de caducitat, Hugo? —li ha preguntat en Max amb sorna, assenyalant en Julià amb un cop de barbeta—. Jo de tu començaria a buscar un altre gos coniller.

Un professor s'ha situat al mig de la pista del pavelló i, proveït d'un micròfon, ha advertit els alumnes que estava rigorosament prohibit posar-se en contacte amb els pares o tutors.

—La pitjor cosa que podem fer ara és alarmar-los —ha dit.

Quan les autoritats han informat que malgrat la súplica molts estudiants enviaven missatges a través del mòbil, han anul·lat mecànicament la cobertura dels aparells.

—Estem sense cobertura! —ha exclamat en Julià, amb els ulls desorbitats—. Ens volen deixar incomunicats! Segur que estem contaminats i en quarantena!

En Max i jo hem girat els ulls en blanc.

El director s'ha dirigit a la comunitat educativa a dos quarts de deu en punt:

—Benvolguts alumnes de l'escola, la situació que estem patint avui ens obliga a interrompre les classes de la setmana. El més important per a mi és la vostra seguretat, de la qual sóc responsable. Ara per ara, l'assistència a classe no assegura la immunitat, i per això em veig obligat a tancar l'escola fins que les feines de sanejament i descontaminació no estiguin enllestides. Aquest vespre farem una reunió informativa per a pares i tutors, aquí mateix, al pavelló d'esports. De tota manera, a la una del migdia faré un comunicat en directe, en format videoconferència, a través de la pàgina web de l'escola, i també es pot consultar l'estat de la qüestió en els diversos butlletins oficials publicats a la mateixa pàgina i revisats cada mitja hora.

—O sigui, quatre dies sense classe! —s'ha alegrat en Max.

—De moment! —ha afegit la Lua—. A veure si la cosa es complica i ens obliguen a matricular-nos en un altre centre!

Tots hem pensat que allò seria una tragèdia. El director, un home d'uns quaranta anys de caràcter extravertit però ferm, ens ha demanat que passéssim la informació a les famílies i que procuréssim estudiar durant els dies que romandria tancada l'escola. Abans de sortir del pavelló, la Lua ha preguntat si algú havia vist en Biel.

—Que estrany. Hauria de ser aquí.

Però en Biel no havia vingut avui a l'escola. Havia triat un dia malaguanyat per fer campana!

Hem anat a passejar una estona amb la Marta i la Lua. No estàvem gens acostumats a córrer pels carrers a aquelles hores, quan entren el gènere als centres comercials i enllesteixen les instal·lacions dels parcs temàtics; quan els robots arreglen les façanes i revisen les canonades i els conductes del gas i l'electricitat, i quan els esquadrons de la policia irrompen als establiments il·legals on s'amaguen immigrants sense papers. Abans del migdia, en Max m'ha dit que ja en tenia prou, de passejar, i que preferia connectar-se al MAX.

—Imagina, Aleix! Quatre dies sencers per jugar a la simulació! Per no parar ni un moment!

A mi també m'ha semblat una bona idea, i ens hem acomiadat de les noies, que s'han enfadat força.

—Ja us ho trobareu més endavant, quan no tingueu amics per culpa de la merda del joc!

Hem tornat a l'escola a recollir les bicis i hem pedalejat encantats de la vida fins a casa d'en Max. Hem esmorzat a la taula, sobre la qual cada vegada hi queda menys avituallament.

—Quan tornen els teus pares, Max? Perquè això cada dia fa més pena!

—No et preocupis. Ho tenen controlat: quan saben que em quedo sense provisions, tornen de seguida, o envien algú perquè les reposi.

He pensat que era meravellós tenir uns pares com els

seus, que són previsors i ho tenen tot controlat a l'hora de cuidar el seu fill. Tot i que no hi són gairebé mai. Els meus, en canvi, hi són sempre, tothora, però no recorden que tenen un fill que necessita certes atencions. No es pot tenir tot en aquesta vida!

Ens hem posat els auriculars mentre sonava la sintonia del MAX: «Wellcome to the MAXperience.»

En Max condueix el cotxe fins a Roses. Parlem de la senyora Pallissera i la seva estranya trucada anunciant-nos que donava per finalitzada la nostra feina. En Max opina que potser ella mateixa s'ha posat en contacte amb l'associació a través d'una hipotètica carta que haurien enviat a la residència d'avis i que ella hauria recollit juntament amb les pertinences del seu pare. Potser l'han enviada a buscar el seu pare a Noruega o a Alemanya.

En Max aparca davant del bar Si us plau. Acordem que jo m'entrevistaré tot sol amb l'home que ens ha citat al moll.

—No seria gens bo que sospités. Li hem donat totes les teves dades i característiques físiques.

—Em puc canviar el nom, i dir que som germans que busquem el cosí plegats.

—És un risc que no cal córrer, Max. Quedem aquí mateix, al bar.

En Max accepta. Agafo el cotxe i condueixo fins al moll. Deixo el cotxe a l'aparcament vigilat i camino sense pressa fins a situar-me davant mateix de la porta de l'últim dels establiments. Els peixaters estan entrant les caixes de peix plenes de gel picolat i una dona frega el terra. A la botiga no hi ha clients, i a fora tampoc no hi ha ningú a part dels que carreguen la mercaderia. Espero uns deu minuts, i aleshores descobreixo un noi de la meva edat, amb gorra de visera i vestit amb una gavardina llarga, que s'acosta. Tot d'una, quan em veu, vacil·la, es para i gira cua. Jo el segueixo amb els ulls, i veig que entra a la cafeteria del moll. Quan estic a punt de posar-me a caminar per seguir-lo, sento una veu a la meva esquena.

—Aleix Ortensi?

Em giro i descobreixo un home d'uns cinquanta anys, amb barret de pana i una caçadora verda que li arriba a mitja cama. Du les mans a la butxaca i els seus ulls m'estudien darrere d'unes ulleres de pasta negra.

—Sóc jo —li confirmo.

—Em dic Laurent Legrand. Sóc el contacte de Searchingboys a Catalunya —m'anuncia.

M'allarga una mà i jo acosto la meva per encaixar-les. El senyor Legrand em proposa caminar mentre xerrem, i jo accepto, però abans d'iniciar la marxa dono un cop d'ull a la porta de la cafeteria del moll.

—Ha vingut sol, senyor Legrand? —li pregunto, i ell em diu que sí, que sempre acudeix sol a la primera entrevista.

Caminem pel moll, arran de mar. Se sent una olor forta de sal i peix, i alguns pescadors netegen el seus vaixells o arreglen les xarxes i reposen peces de la maquinària, calçats amb altíssimes botes de goma.

—Som una associació seriosa, senyor Ortensi. Treballem de manera desinteressada per tot Europa i la nostra missió consisteix a ajudar les famílies a trobar els seus éssers estimats. Els que hi col·laborem, aportem la nostra experiència personal, i per això sabem més bé que ningú com se senten vostès, els familiars que han patit la pèrdua. És molt difícil continuar vivint sense saber què se n'ha fet, de l'ésser estimat.

—Vostè va perdre algú, senyor Legrand?

—Sí, senyor Ortensi, i l'associació em va ajudar a recuperar-lo. I des d'aleshores he viscut agraït per l'ajut tan gran que em van oferir. I el meu agraïment ha esdevingut fidelitat absoluta a la causa. Cregui'm: jo tenia una feina, i una llar, i una vida tranquil·la, però fa uns anys vaig decidir enviar-ho tot a rodar per dedicar-me en cos i ànima a persones que, com jo aleshores, busquen a la desesperada i amb voluntat de ferro la gent que estimen. És important això, senyor Ortensi: sentir-se útil, sentir-se solidari, apostar per les coses fonamentals de la vida. No me n'he penedit ni un sol dia, li ho dic de debò.

El senyor Legrand vivia a Toulouse, però el seu pare era català, i per això coneixia la nostra llengua. La seva peripècia de buscar un familiar estimat va passar allà, a França, i quan va decidir col·laborar activament amb l'associació li van suggerir traslladar-se a Espanya per engegar les recerques en aquell país. No s'ho va pensar dues vegades i va fixar la seva residència a Barcelona.

—Em moc per la meitat nord-oest de la península. M'entrevisto personalment amb les famílies que busquen, recopilo dades i informació i, coordinat amb la seu central de l'associació, que és a Alemanya, ajudo a trobar la persona perduda. Ara, senyor Ortensi, li he de preguntar un munt de coses sobre en Max Oliva, el seu cosí. Però quan el trobem, si és que aconseguim trobar-lo, potser l'haurà d'anar a buscar a Praga, o a Suècia, o a Itàlia. De tant en tant tenim sort i resulta que trobem el buscat a la vora de la seva família, de vegades a la mateixa comunitat autònoma. Però no vull que es faci il·lusions, senyor Ortensi: el seu cosí pot trobar-se a qualsevol lloc d'Europa. Però una cosa és clara: sigui on sigui en Max Oliva, Searchingboys li farà costat a l'hora de recuperar-lo.

El senyor Legrand vomita un discurs que té après de fa temps, i això es nota. Podria ser un venedor d'assegurances o el comercial d'una casa de cigars. La seva missió principal és formalitzar un tracte comercial, i per més que utilitzi conceptes ètics i faci al·lusions a la responsabilitat, la solidaritat i l'altruisme, en el fons està preparant el terreny per parlar de la transacció econòmica que s'ha d'establir entre nosaltres.

Em proposa xerrar sobre en Max Oliva i sobre les quotes de l'associació davant de dos cafès, i ens encaminem a la cafeteria del moll. A prop de l'entrada, recolzat al capó d'un cotxe negre, veig el jove de la gavardina i la gorra, que desvia els ulls cap a un altre costat quan s'adona que l'observo.

De la butxaca de l'americana trec el full de paper que he preparat amb totes les dades d'en Max: nom i cognoms de pares, número de document d'identitat, adreces en les quals ha viscut fins ara, escoles per les quals ha passat... També li descric amb tots els pèls i senyals el seu aspecte físic, les seves aficions, el seu tarannà i els trets més notables del seu comportament. Ho improviso tot, imaginant-me el Max de divuit anys que no he conegut mai.

O que no he conegut encara.

Pateixo una mena de mareig instantani, i em fa l'efecte

que perdo el món de vista. «No l'he conegut mai o no el conec encara, aquest Max de divuit anys?», em pregunto de nou, com si aquesta fos l'única pregunta possible. Em fa l'efecte que s'ha produït una mena d'interferència entre la realitat i la simulació, i el mareig n'ha estat la conseqüència.

—Li passa alguna cosa, senyor Ortensi? —em pregunta Laurent Legrand—. Ha perdut el color de la cara.

—No, no és res, no es preocupi —dic jo, mentre recupero l'estabilitat i controlo la respiració—. Estic bé, no s'amoïni.

El senyor Legrand demana un got d'aigua a la cambrera mentre jo vaig al lavabo a rentar-me la cara. Em miro al mirall i em pregunto què m'ha pogut passar, però no hi trobo explicació. Torno a la taula i faig un glop llarg d'aigua. Demano al senyor Legrand que reprengui el qüestionari. Ell insisteix que vagi al metge, que potser es tracta d'una baixada de tensió.

Quan acaba amb l'última pregunta, li demano els seus honoraris.

—Quant em costarà trobar el meu cosí?

—Bé, això no se sap mai. Ni el preu ni el temps que trigarà, sap què vull dir? Li donaré un número de compte on haurà d'ingressar les quantitats que li demanaré per telèfon. Al començament només cobrem despeses d'administració, paperam, trucades o connexions a la xarxa informàtica. Les quantitats importants vénen més endavant, quan el fugitiu està localitzat i s'engega la missió de recerca i captura, si em permet expressar-ho d'aquesta manera tan oficial.

Per tractar-se només de despeses d'administració i trucades, la primera factura és molt més elevada del que em pensava. L'anoto en un paper juntament amb el número de compte on he de fer l'ingrés al més aviat possible. El senyor Legrand es posarà en contacte amb mi a través del telèfon, tant per comunicar-me les novetats del cas com per si són necessaris més ingressos.

Ens acomiadem amb una encaixada.

—De seguida em posaré a la feina, senyor Ortensi. Ja veurà com aviat en sabrem alguna cosa, del seu cosí —diu quan sortim de la cafeteria.

El jove de la gavardina no és on era fa una estona. Vaig cap al cotxe i enfilo en direcció al bar Si us plau, on m'espera en Max.

—Com ha anat? —em pregunta quan em veu entrar.

—Doncs sembla que bé. S'ho ha empassat. Et buscaran i em diran on ets —trec el paper en què he anotat el número de compte d'en Legrand—. Aquí és on hem d'ingressar els euros que costa la teva captura.

—Són molts?

—Ets un tipus car, Max. Em temo que haurem de fer hores extraordinàries per guanyar calés si volem trobar-te...

—O sigui, que la versió de l'empresa tripijoc és certa...

—Sembla que sí. Estan disposats a escurar-nos les butxaques sense cap escrúpol.

En Max m'anuncia que l'Else Marie li ha telefonat al mòbil: la Hanna Matteus ha recuperat la consciència i han mantingut una conversa.

—Doncs no perdem temps.

Quan arribem a l'hospital, l'habitació de la malalta és plena a vessar de gent. Hi ha l'inspector i els seus homes, l'equip mèdic i l'Else Marie. Estan fent un interrogatori a la Hanna i als metges. El policia que hi ha a la porta no ens permet el pas, però l'inspector, des de la seva cadira al costat del llit, li fa un senyal perquè ens franquegi l'entrada.

El metge en cap de l'hospital està declarant que no s'ha aconseguit determinar el tipus de substància que havia pres la dona, ja que els seus efectes no coincideixen amb els de cap droga ni cap fàrmac conegut a Occident.

—Estem avaluant la possibilitat que es tracti d'alguna substància desconeguda entre nosaltres, algun derivat de plantes exòtiques o una barreja d'al·lucinògens fabricada en un laboratori clandestí asiàtic. La senyora Matteus ha estat sota els seus efectes un temps exagerat, i li ha afectat part del sistema nerviós, que habitualment no queda danyat amb una única ingestió de productes similars.

—Es tracta, però, d'una droga? Això és segur? —pregunta l'inspector.

—És el més probable. Hem enviat una mostra del teixit i de la sang de la pacient a uns laboratoris de Singapur i a uns altres de Moçambic. Esperarem els resultats abans de fer cap valoració definitiva.

El metge també explica que el fet que la Hanna hagi recuperat la consciència i els altres avis trobats encara no pot tenir a veure amb la presència de l'Else Marie Müller a la vora, que ha actuat com a puntal on agafarse, com a referència de la seva vida anterior i de la seva experiència traumàtica, ambdues distorsionades i fins i tot oblidades per l'efecte de la droga que va consumir. Els altres avis encara no han rebut la visita de cap familiar, encara no se'ls ha parlat amb la seva llengua, i, per tant, segons el metge, la seva recuperació serà més lenta i complicada.

Un traductor professional és l'encarregat de fer les preguntes i traduir les respostes de la Hanna. L'Else Marie és amb ella, i matisa les seves paraules.

La Hanna explica que a Düsseldorf es va entrevistar amb un home que pertanyia a una associació altruista que ajudava a buscar desapareguts, amb la qual, com ja havia explicat l'Else Marie, va contactar a través d'Internet. Aquest home, un cop va conèixer les dades del desaparegut nét de la senyora Matteus, va iniciar una recerca a través de les diferents seus de l'organització arreu del món fins que va trobar una pista fiable a l'Empordà. La senyora Matteus va pagar unes minutes, i es va finançar el viatge i l'estada a Roses per intentar trobar el seu nét. Ho va fer tot sense la complicitat de la policia alemanya ni de l'espanyola: era una de les condicions de l'organització. Quan va arribar a Roses i es va entrevistar amb el contacte a la zona, la senyora Matteus es va adonar que havia estat estafada. L'home de Roses se la va emportar en cotxe fins a una població, el nom de la qual no recorda, on, segons aquest fals contacte, hi havia una comuna de joves alternatius en la qual es refugiava el jove Kalman. Segons la Hanna, abans d'arribar enlloc, l'home la va obligar a baixar del cotxe a punta de pistola i, amb l'ajuda de tres persones emmascarades més que van aparèixer de sobte en aquella pineda on s'havien aturat, la van amenaçar dient-li que la matarien si no els donava els números secrets de les targetes de crèdit que tenia. Ella, morta de por, ho va fer. Tot seguit la van obligar a prendre un líquid blanquinós, també a punta de pistola, i no recorda res més fins que va recobrar la plena consciència al llit de l'hospital ahir al vespre.

L'inspector li fa mil i una preguntes. L'associació es deia CoommingSoon, i va contactar amb ella via Internet. Algú li n'havia parlat, però no recorda qui. Les condicions de la trobada amb el contacte a Roses la van inquietar bastant, sobretot allò referent a la impossibilitat de comunicar-se amb la policia. Però les va acceptar, perquè la seva fita era trobar la persona a qui més estimava i per la qual més patia. El contacte a Roses era un home d'uns cinquanta anys i parlava anglès. S'havia presentat com a Jules Madariagues, però recordava haver sentit com un dels altres atracadors, el dia que se la van endur a la pineda i la van amenaçar amb la pistola, l'havia anomenat Tito. «Que s'ho begui tot, Tito», li va dir un emmascarat mentre li allargava el got amb el líquid blanquinós que ella s'havia de beure.

—Els emmascarats parlaven també en anglès?

—Sí. A mi, si més no, se'm dirigien en anglès.

La Hanna explica que la primera entrevista amb l'home va ser durant el primer viatge a Roses, quan estava hostatjada a l'hotel Mediterráneo amb l'Else Marie Müller. Aquella primera vegada, en Madariagues no havia localitzat encara el seu nét: li havia explicat que estaven sobre la pista; que en Kalman corria per la zona, però que no havien aconseguit trobar-lo. La Hanna va tornar a Alemanya amb un sentiment de fracàs, però no d'estafa. Quan va arribar al seu país va rebre una trucada d'en Madariagues. «Ja el tenim localitzat, senyora Matteus. Hauria de tornar si vol recuperar-lo sa i estalvi.» Aleshores la dona no es va atrevir a demanar a la seva amiga Else Marie que la tornés a acompanyar, i hi va acudir sola.

—On s'hostatjava aquest segon cop? En un hotel?

—No, era un pis particular que l'associació té a Girona capital. Només hi vaig passar una nit. Tenia l'adreça apuntada en un paper, però vés a saber on para. Hi vaig anar en taxi des de l'estació de Girona, amb el senyor Madariagues. No m'hi vaig fixar gaire. Jo estava desitjant que fos l'endemà per trobar el meu nét.

En Max i jo ens mirem amb complicitat. La Hanna Matteus no diu la veritat. Si més no, la diu a mitges. Nosaltres sabem que la dona no va tornar a Alemanya. Es va quedar aquí, a Catalunya, a l'Empordà. On havia estat els quinze dies? Què havia fet? Amb qui havia estat? L'Else Marie sembla que ens llegeix el pensament, perquè tot d'una gira lleugerament el cap i ens mira. De seguida, però, torna a mirar cap a la malalta i li acosta un got d'aigua perquè begui una mica.

La declaració dura una bona estona encara, i en Max surt a fumar a fora, als jardins de l'hospital. Jo em reuneixo amb ell tot esperant que la policia se'n vagi i puguem parlar amb l'Else Marie.

—Per cert, Max, que no t'ho he comentat: algú m'ha seguit aquest matí. O això o anava amb en Legrand. Un tipus era al moll, i després, a la porta de la cafeteria.

—No l'havies vist mai?

—No, no sé qui era ni què volia. Una mica estrany, no et sembla?

Quan estic a punt de comentar-li l'episodi del mareig, veiem com l'inspector i els seus homes surten de l'hospital. En Max i jo ens apropem per saludar-lo.

—Això comença a tenir cara i ulls, nois. Demà o demà

passat li prendrem una segona declaració. Tal vegada recordarà més detalls. Però de moment ja m'han donat la primera notícia dolenta: l'associació CommingSoon no existeix, si més no, no té cap pàgina a Internet. O no l'ha tinguda mai o no la té ara. Pretenia estirar el fil des d'allí, però hauré de buscar un altre punt per desfilar el cabdell.

—Creu que és algú de per aquí? L'encarregat de cometre aquesta salvatjada amb una dona gran, vull dir.

—És possible. O potser es tracta d'algun estranger que ha vingut a delinquir i enriquir-se, el malparit...

—Els altres avis no han reaccionat encara? Saben ja qui són?

—Estem a punt d'esbrinar-ho. Progressivament tornen en si, però el metge té raó quan diu que una persona coneguda ajuda el malalt a recuperar-se i recobrar la consciència. De moment sabem que el primer és hongarès, això també ho va encertar el metge. L'han traslladat a Barcelona a causa d'una complicació renal. Els meus col·legues estan preparats per prendre-li declaració tan aviat com es recuperi. Tot està en marxa.

Li diem que pujarem a saludar la senyora Else Marie abans de marxar, i ens acomiadem amb una encaixada de mans. Mentre en Max apaga la burilla, seguim amb els ulls la figura de l'inspector que puja al cotxe i, aparcat a la vora, descobreixo el cotxe esportiu negre amb el jove de la gavardina a dins.

—És ell, Max! El tio d'aquest matí al moll! —crido.

Em poso a córrer en aquella direcció. El jove se n'adona a temps, arranca i surt esperitat de l'aparcament amb un soroll eixordador de les rodes sobre l'asfalt. En Max corre darrere meu, i vint-i-cinc metres més enllà tots dos ens aturem i esbufeguem, cansats, davant la impossibilitat d'atrapar-lo.

—Qui és aquest cabró? —pregunta en Max.

Veiem com el cotxe es perd a la llunyania. Ara estic convençut que algú ens persegueix o ens espia.

Trobem l'Else Marie a l'habitació de la Hanna, acaronant-li les mans per damunt del llençol. Ens presentem i preguntem a la malalta com es troba, en un alemany força imperfecte. L'Else Marie ens proposa anar a xerrar a la cafeteria per deixar descansar la convalescent després de l'interrogatori de la policia.

—Segur que us heu adonat que la versió dels fets que ha explicat la Hanna no és ben bé la real... —diu, mentre remena el cafè amb llet, i nosaltres assentim amb el cap—. Això té una explicació.

La mirem, expectants, esperant que continuï. L'Else Marie fa un glop de cafè amb llet i es frega els llavis amb un tovalló de paper.

—Ahir a la nit vam estar xerrant molta estona. Tornava a ser la meva amiga Hanna; havia recobrat la consciència i la va tranquil·litzar molt que jo fos allà amb ella, donant-li suport. Vam plorar com dues magdalenes, creieu-me. I vaig comprendre moltes coses. Entenc la meva amiga. Entenc i comparteixo la seva situació, i per això m'agradaria que vosaltres també féssiu tot allò possible per entendre-la. Us demanaria que us poséssiu en el seu lloc.

A l'Else Marie li brillen molt els ulls.

—La Hanna té una esperança, un bri d'esperança, i això l'obliga a no donar per perduda la batalla. Pensa que si és sincera amb la policia tot se n'anirà en orris i no trobarà el seu estimat Kalman. Per això ha mentit en la seva declaració.

—El va trobar?

—No. Però va descobrir una sèrie de coses que li fan mantenir viva la llum de l'esperança.

La Hanna Matteus es va entrevistar a Roses amb el contacte, possiblement el mateix home amb qui he xerrat jo avui al moll. Un extorsionador amb totes les de la llei que forma part d'una organització criminal que manté oberts diferents portals a Internet i que busca gent desesperada per fer-la caure en una trampa. La Hanna va conversar amb l'home, que la va posar al cas de l'existència d'una suposada comuna on devia viure el seu nét esgarriat. La Hanna li va suplicar que la hi portés, que si havia fet el viatge fins a la Costa Brava era per poder abraçar en Kalman i provar d'endur-se'l cap a Alemanya. L'home li va dir que s'havia d'esperar uns dies, que l'operació de rescat encara no es podia fer per problemes que la dona no va entendre. Mentrestant, li demanava més diners. Ella no s'hi va oposar, i des de Roses mateix va fer un ingrés de quatre mil euros a un número de compte. Es van trobar dos dies després, al mateix lloc, a Roses. La Hanna no estava disposada a deixar anar un euro més si l'home no li oferia una prova evident de la presència d'en Kalman a la zona. L'home, com era d'esperar, li va dir que encara no era possible, que necessitava més diners, i aleshores la Hanna li va dir que no, que ja no se'l creia. Fins i tot va amenaçar-lo que posaria una denúncia a comissaria. Aleshores l'home va fer una trucada des d'un mòbil, davant d'ella; parlava en català o en castellà, la Hanna no ho sabia del cert. «D'acord, senyora Matteus. Però no podem accedir a la comuna. Puc mostrar-li on és, i si tenim sort podem veure el seu nét des de lluny. Però no ens hi podem acostar. És una zona perillosa i controlada per màfies locals.» La Hanna hi va estar d'acord. Van anar-hi en cotxe, a mitja tarda. La Hanna va memoritzar les carreteres, els indicadors, els quilòmetres. No sabia on anava, però volia tenir-ho tot al cap per si hi havia de tornar tota sola.

—Recorda només un nom: Sant Pere Pescador. «Der heilige Fischer Peter», va memoritzar la Hanna en alemany —ens diu l'Else Marie.

Segons ella van travessar el poble en cotxe, i van passar un pont i una rotonda. Aleshores, a pocs quilòmetres, van travessar un segon poble, del qual ha oblidat el nom, i just després d'aquest segon poble, que en Max i jo suposem que és l'Armentera, el cotxe es va desviar per un camí rural. El recorregut d'aquella via va durar uns sis minuts, i l'home va aturar el cotxe davant d'una pineda. «Hem de continuar a peu», li va anunciar. Aleshores la Hanna va sentir por per primera vegada: no sabia on era, no sabia qui era aquell home, estava sola, sense ningú i perduda enmig d'una pineda. Però va baixar del cotxe disposada a seguir les passes de l'home, que s'havia internat entre els arbres. Van caminar una trentena de passes, no gaire més. En una clariana hi havia una casa, una mena de xalet de dues plantes, bastant gran i envoltada d'una reixa metàl·lica. «És aquí, senyora Matteus», li va dir l'home, «però recordi el que li he dit: no ens poden veure. Quedemnos aquí.» De genolls sobre la pinassa, la Hanna Matteus va observar com un grup de joves es movia al voltant de la casa. Uns quants semblaven cuidar un hortet; n'hi havia un que restaurava un moble vell, i un parell més pintaven una mena de porxo annex al xalet. La

Hanna no va reconèixer el seu nét. «No és cap d'ells, senyor Madariagues», va dir a l'home en un xiuxiueig. I de sobte, un grup de tres nois més van sortir de l'interior de la casa. La Hanna es va portar una mà a la boca. «És ell!», va exclamar. El senyor Madariagues li va suplicar silenci, que no cridés, que allò que estaven fent podia posar en perill la seva vida i la del seu nét. En Kalman anava amb una samarreta sense mànigues i ajudava els altres dos a carregar una banqueta llarguíssima. Estava més gras, va pensar la Hanna, i més moreno. «Em sembla que faré una bestiesa, senyor Madariagues, i em posaré a córrer cap a la casa», va anunciar posant-se dempeus. L'home es va espantar i la va agafar del braç. «Pel que més vulgui, senyora Matteus, no ho faci! No ho faci!», i en aquell moment van sentir una veu per la seva esquerra. «Eh, vosaltres! Què collons hi feu aquí?» El senyor Madariagues va agafar ben fort la Hanna pel colze. «Corri cap al cotxe, senyora Matteus! Corri cap al cotxe!», cridava. La Hanna estava molt espantada i el cor li anava a cent per hora. «Què passa ara?», va preguntar. Però l'home ja l'estirava fora de la pineda i els que cridaven s'acostaven corrents. «No puc deixar el meu nét aquí!», exclamava la Hanna mentre corria. «És qüestió de vida o mort! Per l'amor de Déu, senyora Matteus, hem d'arribar al cotxe i sortir rabent!»

—Ho van aconseguir —ens explica l'Else Marie—. Van pujar al cotxe, van arrancar i van creuar el caminet de terra a més de vuitanta per hora. La Hanna va veure pel vidre posterior com tres homes els amenaçaven gesticulant amb els braços.

Dins del cotxe, la Hanna es va desfer en un plor amarg. Volia saber què passava allí, qui eren els homes que els perseguien, què hi feia en Kalman a la casa carregant una banqueta. El senyor Madariagues la va fer callar. «No puc explicar-li tot el que sé, senyora Matteus. El seu nét està ficat en el món de les drogues, això ho sap vostè prou bé. En aquella casa hi viuen un munt de traficants i delinqüents; allà no hi regeix cap llei ni cap ordre. La policia ni s'hi acosta, i si s'hi acostés, els joves desapareixerien més de pressa que corrents, sense deixar rastre. La situació és delicada i vull que confiï en mi.» Quan van arribar a Roses, la Hanna confiava tan cegament en el seu contacte, que va fer un ingrés de més de sis mil euros al mateix número de compte.

—Era realment el seu nét, aquell que va veure a la casa? —pregunta en Max.

—Això és el que no sé. O el que dubto. La Hanna estava desesperada, podia haver vist en Kalman a qualsevol lloc. Potser era un noi que s'hi assemblava.

—A mi em sona tot a un muntatge, Else Marie —li dic—. Un muntatge ben fet, però un muntatge del començament a la fi. En Madariagues, el xalet, els perseguidors... Tot es va traduir en més diners.

—És possible, però la Hanna ho va veure amb els ulls d'una àvia desmoralitzada. L'home li va trucar l'endemà, quan érem a l'hotel Mediterráneo, i li va anunciar que no podria entrevistar-se amb el seu nét fins la setmana que ve. «Però si l'autobús se'n va demà! He de tornar a Alemanya!»

Evidentment no va tornar. Les dues amigues es van acomiadar a la Jonquera. Allí mateix, a les dues de la matinada, la va recollir el senyor Madariagues i la va portar a un pis que l'associació tenia a Empuriabrava, molt a prop de Roses, on residien tres avis més, un noruec, un hongarès i un avi del país. Tots tres estaven pendents de retrobar els seus néts respectius i confiaven cegament en el senyor Madariagues, que els cobrava l'estada i cada dos dies els demanava diners per a les investigacions. Solien quedar-se al pis, llegint i mirant la televisió per cable. La Hanna sortia a passejar i cuinava una mica per als tres companys. Entre ells xerraven poc, perquè no s'entenien. En Madariagues arribava al vespre, els donava les darreres notícies sobre cada recerca i els anunciava els ingressos que s'havien de fer l'endemà al compte corrent de l'associació. Una setmana després, la Hanna va pensar que allò era intolerable. Va anar fins a una parada de taxis i, mig en anglès mig en castellà, va encarregar un taxi per a l'endemà mateix a les vuit de matí. «Per anar on?», li va demanar el taxista. Ella va dir el nom del poble en alemany, Der Heilige Fischer Peter, i el taxista, després d'una bona estona, ho va entendre.

—L'endemà a les vuit va agafar el taxi, i va donar les indicacions que recordava de l'altra vegada. Armada de valor, la Hanna havia decidit tornar al xalet dels joves i parlar cara a cara amb el seu nét. «Tinc setanta-quatre anys, i res a perdre en aquesta vida», va pensar. Es va comportar com una dona valenta.

Van travessar Sant Pere i l'Armentera, es van desviar pel caminet i van arribar a la pineda. «Esperi'm aquí el temps que faci falta», va dir al taxista. Havien acordat, a la parada, que la Hanna llogava els seus serveis durant tot el dia.

—Em va explicar que va sentir un calfred a l'espinada quan va tancar la porta del taxi i es va endinsar sola per la pineda —explica l'Else Marie—. Va veure la casa al fons, però no hi havia cap noi a fora. «Deuen estar dormint encara», va pensar. S'hi va acostar a poc a poc, amb el temor que li sortissin els de l'altre dia, o que deixessin anar gossos. Va arribar a la reixa metàl·lica i va comprovar que la porta era oberta. Va entrar-hi. No hi havia gossos ni persones: allò semblava abandonat.

A la porta del xalet hi havia un timbre. La Hanna va mirar el rellotge abans de trucar: eren gairebé dos quarts de nou. Va comprovar de seguida que aquell timbre no funcionava, i per això va picar fort amb el puny, i la porta es va obrir sola. Li va caure l'ànima als peus: aquell xalet estava abandonat. No hi vivia ningú. Hi havia finestres sense vidre, i l'interior era un cau de porqueria, ple de deixalles, papers, cartrons i rates. Es va posar a plorar en descobrir l'engany del maleït senyor Madariagues. Va sortir fora i va seure a la mateixa banqueta que aparentment havia tret el seu nét una setmana abans. Tot havia estat un teatre. Plorava desconsolada i lamentava tota la seva vida. I en aquell moment, mentre mantenia la mirada a terra, capbaixa, va veure una fotografia sota mateix de la banqueta. Amb els ulls entelats pel plor es va inclinar per agafar-la.

—Era una foto d'en Kalman. La mateixa foto que duia a la bossa el dia que la va trobar la policia. Una foto del seu nét! Allí mateix on li havia semblat veure'l feia una setmana!

En Max i jo quedem bocabadats. Com s'explicava allò? Què hi feia allí una foto del jove Kalman?

—Tot es pot veure des de dos punts de vista diferents —continua l'Else Marie—. Si tot és una farsa, els delinqüents podien haver deixat una de les fotos que la mateixa Hanna els havia enviat per engegar el procés de recerca. Van sospitar que ella tornaria a la casa, i van deixar la foto perquè la hi trobés. Ara bé, qui pot assegurar-ho, això? I si fos certa la tesi de la Hanna, que està convençuda que aquell noi era el seu nét?

—Va explicar a en Madariagues que havia descobert que la casa estava abandonada?

—No va haver de dir-li res. Aquella tarda, quan l'home va tornar al pis d'Empuriabrava, va anunciar a la meva amiga que duia males notícies: els joves havien fugit de la casa. Potser alertats per la seva presència feia una setmana, o potser per una intromissió de la policia o d'una màfia rival, havien fugit a corre-cuita i havien eliminat qualsevol rastre de la seva presència. El senyor Madariagues, però, els seguia la pista, i confiava que aviat sabria on s'amagaven.

La resta de la història coincidia amb la versió que havia declarat a la policia. Dos dies després li van dir que havien localitzat els joves i la van portar en cotxe fins al lloc on li van robar les targetes de crèdit i la van obligar a engolir el beuratge per drogar-la.

—Però ella està segura que el va veure, i afirma que encara que tot sembli una trampa per entabanar-la i robar-la, el seu nét era allà i va deixar una fotografia. La Hanna espera posar-se bona per iniciar la recerca personalment. Vol estirar el fil del cabdell, encara que li costi la salut o la vida.

7

En Max i jo, asseguts a la gran taula del menjador, hem devorat uns bons filets de pollastre arrebossats. No hem comentat res del cap de setmana, però tot i que ens ho hem passat bé avui amb el MAX, el meu amic s'ha mantingut capbaix i malhumorat durant l'àpat.

—Que et passa alguna cosa? —li he preguntat.

Ha negat amb el cap, però no ha badat boca. M'ha sabut greu veure'l així, ferit ben segur per la manera com em vaig comportar diumenge, però no he tingut ganes de demanar-li perdó ni d'insistir en el tema del K9. A mig dinar han trucat la Lua i la Marta, per si volíem fer alguna cosa plegats. He sentit com en Max els deia que no, que estava cansat i que tenia ganes de continuar connectat al joc. Abans de penjar ha preguntat què en sabien d'en Biel, i elles no en tenien cap notícia.

—Com estan els teus pares? —m'ha preguntat de sobte, quan tornava a seure a taula.

M'ha estranyat que ho fes, perquè en Max no sol preguntar mai pels meus pares, i si algun cop fa alguna al·lusió, és per dir-me que són uns egoistes i que no tinc els pares que em mereixo.

—Bé. Com sempre —li he contestat.

—Tu, si més no, els tens a la vora —ha dit al cap d'un moment—. Els meus sempre són fora. Primer de tot és la feina, abans que el fill. En començo a estar tip.

Ha deixat la mirada perduda, i he experimentat un sentiment de gran tristesa.

—Jo em pensava que t'agradava estar sol, i que tenies sort que els teus pares et deixessin tant de menjar...

—Tot és una merda —ha sentenciat, tallant-me.

A continuació s'ha amagat en el silenci i no ha dit res més fins que hem desat els plats a la cuina i ens hem connectat per segona vegada en un dia al MAX.

L'inspector ens telefona al despatx per comunicar-nos que a poc a poc van identificant els avis apareguts a la platja, i que cap d'ells és d'aquí, per la qual cosa resulta bastant improbable que sàpiguen res del parador del senyor Pallissera.

—Si voleu parlar amb ells, podeu fer-ho. Jo mateix us signaré el requeriment.

Ens informa que, a més de l'hongarès, ja han identificat el segon a aparèixer, que resulta que és rus, i el darrer, el de l'Escala, que és un súbdit noruec, d'Oslo.

—Estem treballant amb la hipòtesi dels cercadors de néts, a veure si tenim sort i es donen les mateixes circumstàncies que es van donar en el cas de la senyora

Hanna Matteus. Si tots han vingut aquí enganyats i pensant que es trobarien amb el nét o la néta, estem davant d'un cas flagrant d'extorsió a gran escala dins casa nostra.

A mitja tarda, mentre en Max i jo naveguem per Internet buscant pàgines de recerca de gent desapareguda, rebo una trucada al mòbil: el senyor Legrand vol veure'm tan aviat com sigui possible. M'estranya que no hagi trigat ni un dia a tenir notícies del meu suposat cosí, i així mateix li ho exposo.

—Ho devem a la sort, senyor Ortensi. De vegades el procés de recerca triga mesos.

Ens citem demà al mateix lloc i a la mateixa hora. No han passat ni vint-i-quatre hores i el senyor Legrand ja ha trobat el meu cosí perdut. Tot resulta sospitós i inversemblant.

—Sóc del parer —diu en Max— que s'han adonat que la policia els està seguint les passes. Es proposen donar els darrers cops de cua el més ràpid possible: estan segurs que si la policia continua investigant i descobrint, d'aquí a pocs dies ja no hi haurà més clients ni fraus.

Jo hi estic d'acord: estan actuant a la desesperada. Sospito que demà em diran que el meu cosí ha aparegut a Budapest, o a Bielorússia, o a Hèlsinki, i em demanaran un munt de calés per ajudar-me a recuperar-lo. En Max confirma que algunes de les pàgines webs de cercadors de persones han desaparegut misteriosament de la xarxa informàtica. Per tot això és importantíssima la cita de demà amb el senyor Legrand, i un cop acabada l'entrevista, en Max i jo ens proposem seguir-lo i deixar que ens porti al cau de rates on aquest grup de delinqüents organitza les seves ensarronades.

Mengem un entrepà al bar que hi ha a sota del despatx. Fan un partit de futbol per la televisió i els pocs clients que hi ha asseguts al taulell mantenen els ulls girats cap al monitor.

—Com estan els teus pares? —em pregunta en Max.

Jo no puc contestar. Em quedo descol·locat, amb l'entrepà a les mans i una cervesa davant dels ulls, al taulell del bar. Miro el meu company, i no hi veig cap signe de desconcert ni sorpresa. Per què, doncs, jo sento aquesta angoixa tan estranya? I abans que la meva perplexitat s'estavelli de ple contra la seva naturalitat, sento un soroll molt fort que em perfora els timpans. Jo sóc al bar, amb en Max, però el soroll m'obliga a tapar-me les orelles i un dolor amenaça de fer-me perdre la consciència; fins i tot caic del tamboret i, des del terra, observo con en Max continua menjant l'entrepà tranquil·lament i fent, de tant en tant, glops de cervesa. El soroll eixordador adquireix de sobte la definició de tres xifres: algú està repetint aquestes xifres a la meva malaurada orella. 333, 333, 333..., cada cop més fort.

De sobte ja no sóc al bar, sinó al paratge gelat de cotó. Des del terra flonjo admiro com s'apropa la figureta nana del militar, amb la seva gorra de plat i els seus galons de glòria. «333, 333, 333...», repeteix mentre s'acosta.

Atordit, amb migranya i arrufant les celles, m'incorporo abans que ell arribi. La línia de l'horitzó es perfila ben nítida en aquest paisatge de neu tova. L'únic element vertical que la trenca és la figura de l'homenet, rematada per una llarga ombra negra sota els peus.

—S'ha produït una errada en el sistema. Un 333, exactament —anuncia.

—Què significa això? Es tracta d'un 234? —pregunto.

La meva veu retruny moltíssim, com si parlés a través d'un micròfon connectat a dos altaveus gegants. Tot el que veig és ple de blanc i de la meva veu.

—No, senyor! I ara! Un 333 és molt diferent d'un 234! —exclama l'homenet, que em mira amb menyspreu quan descobreix que no em sé les regles del joc.

—L'especialista en les regles és el meu company —dic jo, i encara que d'alguna manera ja ho intuïa, just ara m'adono que en Max no és amb mi: aquest cop estic sol, completament sol, en el camp de neu de les errades del sistema.

—Doncs mal fet. Les regles del joc són indispensables per a tots els jugadors. Un 333, senyor meu —m'explica, com faria un pacient professor davant d'un alumne maldestre—, s'origina quan un dels jugadors no disposa de les dades necessàries per continuar la partida. En aquest cas el jugador afectat és vostè!

—Quines dades? —pregunto.

La blancor de la neu tova em fa mal als ulls, i opto per mirar l'home amb el palmell de la mà sobre el front com una visera.

—Les dades! Les dades indispensables! Vostè no pot continuar la partida sense afegir-les a la base de dades! S'estava produint una conversa que no tenia sentit, perquè el programa no té les dades necessàries! —insisteix l'home, sense especificar quines són aquestes dades.

Recordo el moment en què es va interrompre la simulació, quan al bar en Max em preguntava com es trobaven els meus pares. Aleshores deu ser aquesta la causa del 333: les dades sobre els meus pares.

—Es tracta dels meus pares?

—Primer toca la comprovació de rigor —diu l'home—. El seu nom, jugador 2, és Aleix Ortensi, quinze anys d'edat real, vint-i-nou anys d'edat simulada; entra a jugar amb el codi 08-00873627634, enregistrat a la província de Girona el 3 de setembre de 2054. És correcte?

—Correcte —confirmo—. Em pot dir ara si les dades que falten són les referents als meus pares?

—Vostè estava mantenint una conversa sobre un tema del qual no tenim dades. És correcte?

—Sí.

—Aleshores s'ha comès una errada en el sistema! Si no es corregeix l'errada no pot continuar la partida.

—És necessari desconnectar-me per afegir les dades que necessito?

—Són les normes del joc!

—I el meu company de partida? —pregunto.

—El 333 l'ha comès vostè, i no ell. El jugador 1 continua la simulació.

I tot d'una s'esvaeix la neu i sóc a terra, al bar, mirant com, assegut al tamboret, en Max continua devorant l'entrepà del sopar, i a continuació sóc a l'habitació del meu amic i m'he tret els auriculars abans de mirar on ell seia.

En Max estava còmodament assegut a la butaca, amb els auriculars posats i les dues mans obertes sobre la taula, al costat de la pantalla. L'he mirat una estona, fins i tot l'he tocat. Tenia els ulls tancats i estava dormint. He escoltat la seva respiració apropant l'orella al seu pit. «Així és com queden els nostres cossos quan entrem al MAX», he pensat.

Ningú ni res no em manava la pressa. M'he aixecat

de la butaca, he sortit de l'habitació i he picat uns pastissets de móra, els darrers que quedaven a la taula del menjador. He anat al lavabo i m'he mirat al mirall. «He de preguntar a en Max quin aspecte tinc a la simulació amb vint-i-nou anys; si m'assemblo a ara, que en tinc quinze.» He mirat el rellotge: només eren dos quarts de sis de la tarda, encara hi havia temps per continuar la partida.

He tornat a l'habitació i he tocat amb el tou del dit la icona de la pantalla. S'ha obert una carpeta i he buscat el document que conté la base de dades de la simulació, el mateix que va obrir en Max fa pocs dies per determinar l'existència de la senyora Pallissera. S'ha obert una pàgina amb dotzenes de subcarpetes, cadascuna amb un nom referent a les dades de la simulació. No n'hi havia cap que posés «família» o «arbre genealògic». He pensat que potser no me'n sortiria sense l'expert, i que si no hi havia més remei hauria d'esperar que en Max tornés a la realitat per solucionar el meu 333. «Li demanaré que m'expliqui què ha passat durant la meva absència», he pensat. De tota manera, he obert un parell de carpetes que duien títols relacionats amb l'àmbit familiar, però ha resultat que contenien les dades que havíem inventat per a la senyora Pallissera. He llegit la resta de títols, i no n'hi ha hagut cap que em semblés la bona. Però cap al final de la llista, una carpeta, potser la penúltima, duia el títol de «Max Oliva», i no n'hi havia cap que es titulés «Aleix Ortensi». He fet dos clics damunt de la carpeta i s'ha obert una base de dades.

He pensat que contenia les dades d'en Max, les necessàries per crear el seu personatge d'investigador privat de vint-i-vuit anys, però llegint només les primeres ratlles de la fitxa, m'he adonat que parlava d'una altra persona:

«*Max Oliva, 19 anys, fill de Mireia Hernández i Jordi Oliva, nascut a Figueres el 8 de juliol de 1983. Desaparegut del seu domicili el 2 de juny de 2002. Deixa pares desconsolats i una cosina embarassada. Possible causa de la desaparició: drogoaddicció.*»

A continuació s'hi descrivien les característiques físiques d'aquest Max Oliva de qui jo no havia sentit a parlar mai: alt, fibrós, complexió forta però notablement desmillorat en els darrers temps. Cabell rossenc, poc pèl pertot arreu...

M'he quedat parat. En Max havia descrit detalladament les característiques d'aquell personatge, i ara em preguntava si era real o inventat. Primer de tot he pensat que es tractaria del Max Oliva que busquem nosaltres, el Max Oliva que, en teoria, el senyor Legrand ha de buscar i que figura que és cosí meu. Però les característiques físiques que vam donar, així com les dades, es referien al Max autèntic, al Max que jugava amb mi a la simulació. Qui era i què representava, doncs, aquell Max Oliva nascut el 1983 i drogoaddicte? He tornat a llegir les dades: en Max n'ha introduït un munt, i ha aconseguit una recreació gairebé perfecta del personatge. S'ho havia inventat, tot allò? A part de les físiques, no hi mancava cap altra dada: l'adreça on va néixer, on va viure més tard, l'adreça d'una casa d'estiueig a Llançà, les escoles on va estudiar, el nom de la persona que el va fer entrar en el món de les drogues...

Alguna cosa m'ha fet pensar que en Max no s'ho havia inventat, tot allò. Aquell Max Oliva havia existit en realitat, i fent números he deduït que el seu pare no podia ser, perquè per començar no es diu Max com ell, sinó Pol, i que no pot haver nascut el 1983 perquè ara tindria més de setanta anys. Aleshores... Aleshores havia de ser el seu avi.

He comprovat que en Max continuava dormint, totalment immers en la simulació, i he anat a l'habitació dels seus pares, on no havia entrat mai.

M'ha sobtat la completa foscor que m'ha rebut quan he obert la porta: les persianes estaven completament abaixades i he hagut d'obrir el llum. He vist un gran matalàs doblegat sobre un somier de fusta a l'estil oriental. Un matalàs sense llençols ni vànoves, com l'esquelet d'un llit. Un coixí sense coixinera reposava a la part superior, just a sota d'una reproducció d'un artista del segle XX que hem estudiat a l'escola i que es deia Joan Miró. A l'altra part de l'habitació hi havia un armari enorme que ocupava tota la paret. He obert les portes de l'armari. A dins hi penjaven abrics i faldilles de la seva mare, i americanes i camises del seu pare. La part inferior era el departament de les sabates. Una altra part de l'armari estava reservada a roba interior dels dos sexes i roba de bany, com ara tovalloles i barnussos. La darrera porta m'ha proporcionat el que buscava: en una de les lleixes que omplien l'espai de dalt a baix, hi havia àlbums de fotografies. Cap d'ells no duia identificació, i per això m'ha tocat fullejar-los tots, un per un, sense saber del cert què buscava ni que em proposava trobar, ni tan sols si ho trobaria allí, imprès sobre paper en lloc de l'habitual format digital.

Assegut a l'espona del llit, he obert el primer: fotografies antigues d'un matrimoni jove amb dues nenes en braços. Fotografies de les nenes al bressol, a la trona, a la banyera. He trigat tres pàgines a descobrir que aquell era l'àlbum familiar de la mare d'en Max. He obert el segon, que ha resultat ser la continuació cronològica del primer: la mare d'en Max vestida d'estudiant, de vacances a París... He passat al tercer àlbum. Les fotografies eren diferents. He admirat una foto preciosa d'una parella amb un nadó en braços, tots tres somrients. Primer he pensat que era en Max, però no podia ser: la fotografia era molt vella, i la roba que portava la parella era de fa molt de temps. No, aquells no eren els pares d'en Max. La fotografia següent mostrava la mateixa parella, acompanyats d'una jove que duia el mateix nadó en braços. La jove apareixia més cops, sola o acompanyada de la parella. Cap al final de l'àlbum, el nen havia crescut. He obert l'àlbum següent. El nen ja era un jovenet, i tenia el mateix aspecte que té el pare d'en Max a la fotografia que hi ha penjada al menjador. O sigui, que el nen era el pare d'en Max, en Pol Oliva. Aleshores he agafat l'àlbum anterior i he comprovat que la joveneta sortia sempre sola. L'home i la dona més grans que apareixien amb ella devien ser els seus pares, i ella, això és el que he imaginat, era la cosina adolescent a qui l'avi d'en Max havia deixat embarassada. O sigui, que era la seva àvia paterna. Tot lligava: fotos de principis de segle, una noia jove sola amb un nadó... Tot lligava amb les dades de l'avi que en Max havia introduït al simulador.

He desat els àlbums a l'armari, he apagat el llum i he tornat a l'habitació de l'ordinador. En Max continuava impertorbable davant de la pantalla. Mentre buscava més carpetes on pogués teclejar les dades dels meus pares, no em podia treure del cap l'avi drogoaddicte d'en

Max, un avi desaparegut que no devia tornar més, ja que no apareixia a les fotos.

Ha estat impossible accedir a la base de dades familiar, tot i que he obert, a l'atzar, un munt de carpetes. Finalment m'he rendit i m'he assegut al menjador, davant de la pantalla. En Max ha tornat de la simulació sobre dos quarts de vuit i m'ha trobat endormiscat davant de l'aparell.

—Què ha passat? —m'ha preguntat.

Li he explicat el 333 i l'errada del sistema. També li he dit que he provat de reincorporar-me a la simulació, però que no he trobat el lloc on havia d'escriure les dades. No li he dit res sobre en Max Oliva.

En Max m'ha obligat a parar atenció mentre em mostrava què havia de fer en el cas que tornés a cometre una errada. He procurat estar atent, però tota l'estona m'he hagut de mossegar la llengua per no preguntar-li pel seu avi.

—Què ha passat mentre no hi era? —li he demanat—. Te n'has adonat, que m'han fet fora de la simulació?

—No —m'ha confessat en Max—, tot ha anat com sempre.

—Què hem fet?

—Hem estat xerrant al bar mentre sopàvem, i després hem anat una estona a l'oficina. Tu has volgut localitzar la senyora Pallissera, però ningú no ha contestat al telèfon. I res més... Ah, sí! Me n'oblidava! Quan hem sortit del bar, has tornat a veure el paio que ens segueix. Era dins d'un cotxe, i l'has reconegut de seguida. El tio ha engegat el motor i ha sortit disparat quan ens hi apropàvem. No sé qui collons és aquest malparit!

—Sobre què hem xerrat al bar?

—Al bar? Doncs no ho recordo... no ho sé, de la vida en general, em sembla, i de l'Else Marie...

—Parlàvem dels pares. El meu 333 ha estat motivat pel tema dels pares.

—És veritat, no ho recordava.

—Què hem dit?

—De què?

—Dels pares, de què vols que sigui?

—No ho sé, Aleix, era un tema intranscendent. Parlar per parlar.

En Max ha fugit d'estudi d'una manera similar com ho havia fet a l'hora de dinar, abans de connectar-nos al joc. També m'ha estranyat que no s'hagués adonat de la meva absència, però potser la continuïtat de la simulació sense la presència d'un dels jugadors entrava dins dels paràmetres de la partida.

—Per què no et quedes a dormir avui? Demà no hi ha col·legi!

Gairebé me n'havia oblidat! Teníem una espècie de vacances improvisades i pagava la pena gaudir-les. Però els pares eren a casa, i jo els havia de cuidar. Abans de dir res, en Max se m'ha avançat.

—T'acompanyo, tio. Donem el sopar als teus pares, els fiques al llit, i després tornem aquí i ens connectem tota la nit.

—Els pares estan acostumats que els desperti cada matí...

—D'acord —m'ha interromput—. Els enllitem, després venim a jugar, i a les vuit del matí tornem a casa teva i els preparem un esmorzar com cal. Què me'n dius?

La idea era temptadora. La partida del MAX estava

en un punt excitant i només de pensar que l'endemà no hi havia classes i que podíem dormir...

—D'acord, però no cal que m'acompanyis a casa. Puc anar-hi sol.

—Ni pensar-ho, nen. Jo t'acompanyo. Serà divertit.

Li he insinuat que l'adjectiu *divertit* no era el més adient. En Max ha insistit. Hem agafat les bicis i hem pedalejat pels carrers de la ciutat fins a casa. La policia ens ha desviat de la Rambla, ja que hi havia una fuita de gas: algú s'havia intentat suïcidar i li havia sortit malament la jugada, però havia aconseguit fer evacuar tots els veïns del bloc i els dels immobles del costat.

Al meu carrer, un batalló de la policia d'immigració estava fent un escorcoll en un local freqüentat per sudamericans. La clientela sortia capbaixa i emmanillada, però ningú no s'havia preocupat de desconnectar l'aparell de música, i l'entrada dels detinguts al furgó de la policia semblava una coreografia a ritme de salsa.

Els pares seien davant de la pantalla, com sempre. En Max ha perdut progressivament l'aplom, i ja abans d'entrar, al replà de l'escala, ha insinuat que potser seria preferible que m'esperés a baix.

—Per què? Els pares estan malalts, però són inofensius —li he dit.

Finalment, ha entrat darrere meu, i he hagut d'insistir perquè no es quedés palplantat com un estaquirot al rebedor. El pare i la mare pràcticament no s'han adonat de la seva presència fins que no ens hem assegut a taula. En Max no ha obert la boca des que hem entrat. He apagat el reproductor, he desat a la cuina les restes del càtering del dinar i he descongelat unes truites. En

Max, mentre jo era a la cuina, s'ha quedat a la sala, dret en un racó. Mentre m'ajudava a parar taula m'ha comentat que els pares no havien apartat els ulls de la pantalla tot i que jo l'havia apagada. «Sempre ho fan», li he dit. I ell ha fet el gest de no entendre-ho.

—No sé què pensen, Max; ni tan sols sé si pensen alguna cosa o en algú. Miren el monitor però no veuen allò que emeten. No tenen ni idea de la programació. Tant els fa que el reproductor estigui encès o apagat.

—És fort, tio.

—És el que hi ha —li he dit jo, mentre servia un tros de truita a cadascú.

El meu amic m'ha esperat assegut a la butaca de la mare mentre jo els posava al llit.

—Ja podem marxar, Max.

—Els has dit que no dormiràs a casa?

—No serviria de res. Anem.

Al carrer, una dona negra i grassa estava plorant asseguda a la vorera, davant mateix del club de salsa que havia tancat la policia. La dona bramava. «Què puc fer ara? No tinc feina ni família. Si més no, m'haurien de pagar un bitllet d'avió per tornar a l'Equador!», es lamentava. Hem pedalejat lentament, conscients d'assaborir llargues glopades de l'aire de la nit, que semblava menys contaminat que el del dia. A la vora de casa d'en Max, hi ha un local de sexe ràpid, i en sortien dues nenes de si fa no fa la nostra edat, que ens han mirat per sobre l'espatlla. «Putes», m'ha xiuxiuejat en Max, amb la seva bici paral·lela a la meva. «Quinze anys i ja són putes, tio. Vivim en un món de merda!»

Abans de connectar-nos al MAX hem comprovat una altra vegada les darreres dades. En Max opinava que la informació que ens havien reclamat no era tan fonamental com per obrir un 333.

—De totes maneres, tu la hi vas incloure... —li he insinuat.

—Sí, però només per posar dades. A les nits estic sol, i tinc temps per fer el que vull. De vegades m'avorreixo i em dedico a introduir dades al MAX o a altres jocs de simulació.

—Dades sobre els teus pares, els teus avis... — he insistit per veure si l'animava a parlar del seu avi desaparegut.

—Sí, suposo. Informació complementària. Dels pares, dels avis... una mica de tot.

No hi ha hagut manera de treure-li res. Hem obert un parell de llaunes de Cobra per mantenir-nos desperts un munt d'hores i ens hem assegut davant de la pantalla.

—Tenim tota la nit, MAX! Proporciona'ns una vetllada al·lucinant, *please*! —ha exclamat en Max abans de posar el dit sobre la icona del programa.

He fet un glop de Cobra, i m'he col·locat els auriculars. «Wellcome to the MAXperience.»

Abans de sortir de l'oficina agafo la pistola i me la poso discretament sota el cinturó. Espero no haver-la de fer servir, però si l'extorsió corre pressa a *monsieur* Legrand i companyia, més val que estiguem preparats.

Pel camí acordem un munt de pautes per si se m'enduen en un cotxe, i em roben, i em deixen drogat a la muntanya, com van fer amb la Hanna Matteus. Aquest cop en Max no es quedarà al bar Si us plau, sinó que aparcarà vora del moll, i ens seguirà allà on en Legrand em porti.

Passat Empuriabrava descobreixo a través del mirall retrovisor el cotxe negre que ahir ens va estar seguint tot el dia.

—Merda! —exclamo, i en Max observa el cotxe a través del retrovisor lateral.— És el mateix tipus? —pregunta.

Jo estic segur que sí. Qui ens segueix i per què? De part de qui juga?

—Provem de despistar-lo —proposa.

—No tenim temps, Max. No vull arribar tard a la cita amb en Legrand.

—Si es tracta d'un dels seus pinxos, a hores d'ara ja sabrà que avui no et presentes sol a la cita...

—Correrem aquest risc.

Procuro no donar cap senyal al perseguidor i actuar com si no ens haguéssim adonat que el tenim darrere. Entrem a Roses, i abans d'arribar al moll, aparquem en doble fila davant de l'hotel Univers.

—Que hi hagi sort, Aleix. Us seguiré aneu on aneu.

Ens acomiadem amb una encaixada. Surto del cotxe i camino cap al moll. Davant de la peixateria no hi ha ningú encara, i per això avanço sense pressa. De tant en tant em giro per controlar el nostre vehicle i també el model negre que ens persegueix. Quan arribo davant de l'establiment miro el rellotge: és l'hora en punt. Veig com en Max aparca davant de la cafeteria, però no surt del cotxe. L'altre, l'espia, s'ha quedat a uns cent metres del monstre, i tampoc no surt. Per davant dels dos vehicles, atrafegat i a grans gambades, veig que s'acosta en Legrand.

—Bon dia, senyor Ortensi —em saluda.

Em proposa caminar pel moll, tot i que jo li dic que m'estimaria més fer un cafè com ahir.

—Després —diu—. Tenim temps, no es preocupi.

Li comento que em va estranyar que em telefonés tan

aviat, que com és possible que en menys de vint-i-quatre hores hagi localitzat un home de qui fa mesos que no sabem res. En Legrand valora, orgullós, la professionalitat de la seva organització.

—Tenim molts contactes arreu del món, senyor Ortensi. —A continuació afegeix que de vegades hi ha sort i de vegades no tanta, i aleshores la cosa triga més a solucionar-se.

—O sigui que he estat afortunat... —li dic.

—De moment sí, senyor Ortensi. Ara toca que tot surti com ens agradaria que sortís...

Li pregunto si ja em pot dir el país o la ciutat on s'amaga el meu cosí. Veig com en Legrand apunta un somriure torçant una mica el llavi. De cop s'atura, s'encara al mar, i assenyala amb el braç la línia de l'horitzó.

—Sap que la línia de l'horitzó no existeix? Aquesta horitzontal tan marcada és un efecte òptic, senyor Ortensi. Està sempre al nivell dels nostres ulls. Tant si estem drets com si ens estirem a terra; tant si ens enfilem damunt d'una escala o pugem al tercer pis d'un edifici. Sempre la veurem a l'alçada dels nostres ulls. Cadascú veu la seva pròpia línia.

—Per què ho diu això?

—No ho sé ben bé. Potser vostè mateix m'ho podrà explicar quan es retrobi amb el seu cosí —diu, i em deixa ben encuriosit—. En Max Oliva viu a la vora d'aquí. No és a l'estranger, ni tan sols en una altra província, senyor Ortensi. En Max Oliva, pel que sembla, no s'ha pogut deslliurar del seu passat, i, malgrat tot, s'ha quedat a malviure a la vora de vostès, de la seva família.

En el fons, i provant de dissimular el riure, penso que té raó: realment en Max Oliva està força a la vora, potser només a dos-cents metres, en aquell cotxe blanc aparcat davant de la cafeteria.

—Aquí? No ha sortit de la comarca? —simulo una expressió d'incredulitat i sorpresa.

—No, senyor. En Max Oliva viu a l'Empordà.

—Nosaltres pensàvem que havia fugit a França, o a Anglaterra... —menteixo.

—Doncs no, senyor. És aquí a la vora. Viu en una mena de centre d'acollida per a drogoaddictes amb dificultats de rehabilitació. Entengui'm: no es tracta exactament d'un centre de rehabilitació, sinó d'una llar per als incorregibles que no poden aconseguir-ho, però que no perden mai l'esperança.

—Està bé de salut? L'ha vist, vostè?

—No, no. Però he parlat amb un company de l'associació que hi va anar fa pocs dies buscant un altre desaparegut. Viuen en unes condicions bastant terribles, perquè no disposen de mitjans ni de subvencions. Malviuen i es continuen drogant. Sembla que tenen concertades unes teràpies mèdiques, i unes monges de la zona els fan menjar un cop al dia.

—Ens hi podem apropar ara mateix, senyor Legrand? —li demano.

—Primer prendrem un cafè, senyor Ortensi, perquè hi ha coses que vull que sàpiga.

Caminem en direcció a la cafeteria. Jo estic molt en el meu paper, i em mostro nerviós, atabalat, no paro de fer preguntes. Passem per davant del cotxe d'en Max i li faig l'ullet. El conductor del cotxe negre ha desaparegut. Miro al voltant, però no el veig. Potser ha entrat a la cafeteria.

En Legrand i jo seiem en una taula i demanem dos cafès. Quan el cambrer ens serveix, en Legrand inicia un discurs que no em sorprèn en absolut. Parla de la situació en què es troba el meu cosí, de la perillositat de la zona on es refugia, de les màfies que controlen la droga, de la ineficiència de la policia. Diu que hem d'anar amb peus de plom i que endur-me en Max serà més complicat del que ens pensem. Que potser estaria bé treure'l del país i enviar-lo a un centre que l'associació té a Alemanya, on, a més a més de donar-li protecció contra els mafiosos i corruptes que el tenen amenaçat, podrà iniciar un procés de rehabilitació com cal, amb els millors metges i els millors serveis...

—Què vol dir «donar-li protecció»? De qui se l'ha de protegir? No puc oferir-li jo mateix protecció? —li demano, interrompent el seu monòleg.

En Legrand riu.

—Vostè no sap com funcionen aquells ambients, senyor Ortensi.

Assegura que en Max Oliva deu estar endeutat fins al coll, com la majoria de toxicòmans. Que si aconseguim endur-nos-el de manera voluntària, els traficants i els mafiosos el perseguiran fins que pagui tot el que deu. I que si ell no pot pagar, m'amenaçaran a mi, i entraré en un joc brut del qual costarà sortir.

—Si el seu cosí accepta venir amb nosaltres, que això ja veurem si és possible, aleshores el problema seran els altres. Jo recomano que ens doni llibertat d'actuació. Tenim experiència en aquesta mena de casos. L'associació el podrà convèncer perquè abandoni el país durant una temporada i provi de rehabilitar-se a Alemanya. Quan torni estarà net, i els traficants l'hauran oblidat. Nosaltres, senyor Ortensi, li proposem un canvi radical i guaridor.

—Tot això ho hauria de pagar jo, és clar...

—Vostè o la família directa del jove. Jo li faré un pressupost de quant costaria passar sis o set mesos a Düsseldorf, les despeses del centre, els honoraris dels metges... Després vostès decidiran.

—No puc ni tan sols veure el meu cosí?

En Legrand mou el cap.

—És arriscat —murmura, però finalment diu que podem acostar-nos-hi i veure'l, i després ja pensarem la millor solució per treure'l d'aquell cau de corrupció. Estic convençut que em durà al casalot abandonat a la vora de l'Armentera, i que el lloc serà ple d'actors de pacotilla i que un d'ells s'assemblarà a l'hipotètic Max Oliva que busco. El mateix teatre que van muntar per a la Hanna Matteus.

Accepto l'oferiment de seguida, i li dic que tinc ganes de saber on és, de veure'l amb els meus propis ulls. Que després em pensaré allò d'internar-lo, que sembla una bona idea i que salvaguardaria el seu futur. En Legrand es mostra content, i ell mateix paga els dos cafès. Abans de marxar vaig al lavabo i des d'allí telefono a en Max i li explico tot el que ha passat.

—No et preocupis. Us seguiré a distància. Procura entretenir-lo, que no s'adoni que us segueixo.

Sortim de la cafeteria i evito mirar allà on ha aparcat en Max. Proposo a en Legrand d'anar-hi amb el seu cotxe, ja que jo estic molt nerviós per conduir. Ell accepta i assenyala un Opel Astra que té aparcat a la vora. El cotxe negre encara és al seu lloc, i l'ocupant torna a ser a dins.

Pel camí no paro de fer preguntes, i en Legrand sembla una mica aclaparat. «No es preocupi, estigui tranquil», repeteix. Però xerro sense parar: sobre en Max Oliva, sobre la desesperació de la família que no va poder fer res per aturar la seva caiguda en el món de les drogues. També li pregunto per altres casos que han solucionat, i si la clínica de Düsseldorf resulta efectiva per a la rehabilitació.

En Legrand deixa la comarcal 260 i agafa la de Sant Pere Pescador. Travessa el poble i segueix en direcció a l'Armentera. Em pregunto on deixarà el cotxe en Max quan en Legrand es desviï pel caminet que va detallar la dona alemanya. Fa un dia ennuvolat, i tinc la sensació que en Legrand està cavant la seva pròpia tomba. «T'estàs llançant de cap a la galleda, noi», penso. Si les coses van mal dades, en Max tindrà temps de posar-se en contacte amb l'inspector de policia perquè enviï unes unitats.

En Legrand posa l'intermitent i deixem la carretera per internar-nos en un camí rural. Un parell de minuts després distingeixo la pineda.

—Ens hi apropare a peu, senyor Ortensi. Li demano silenci i contenció: això que estem fent comporta un risc important. Aquesta gent no coneix ni respecta la llei, i són extremament perillosos.

Sortim del cotxe i avancem amb peus de plom per damunt de la pinassa. El vent fa ballar les fulles dels arbres i s'escolta nítid el seu udolar.

—Ajupi's! —ordena en Legrand quan ja distingim la masia—. És allà —assenyala amb el braç.

Observo la casa. La descripció que va fer la Hanna Matteus era encertada. Hi ha uns quants joves a l'exterior, dintre del perímetre de la reixa. Un restaura un moble, un altre sembla que enguixa una de les parets de la masia. Tenen una ràdio posada. Un jove fuma assegut en un tronc tallat.

—Reconeix el seu cosí? —em pregunta en Legrand amb un xiuxiueig.

No sé què dir-li. Cap s'assembla al Max que jo conec.

I aleshores es produeix allò inesperat. Sentim unes passes darrere nostre. Abans de girar-me sospito que es tracta dels hipotètics «traficants perillosos» que van sorprendre també la Hanna Matteus el primer dia que va anar a la masia en companyia del seu extorsionador. Però quan em giro del tot, i al mateix temps que ho fa, alertat, en Legrand, veig com en Max, amb els ulls desorbitats i cridant com un boig, s'acosta corrent cap on som nosaltres i continua després en direcció a la casa.

—Avi! Ets tu, avi?

Provo d'aturar-lo quan passa davant meu, però es desempallega de mi d'una estrebada. En Max està desconegut, com si s'hagués tornat guillat: té el coll molt tens, el cos tremolós i actua amb una fúria irreprimible. Els joves de la masia han deixat les seves ocupacions i miren estranyats aquell jove que s'acosta corrent fins al reixat.

—Qui collons és aquest? —em pregunta en Legrand.

Jo estic a punt de posar-me a córrer darrere el meu company quan apareixen els suposats traficants.

—Qui sou? Què cony hi feu, aquí? —ens escridassen.

Es tracta de tres tipus altíssims, un d'ells africà. Tenen pinta de porters de discoteca. S'acosten corrent cap on som en Legrand i jo. No sé què fer, ni com actuar. En Max, imparable, ja ha arribat al reixat i prova d'entrar per la porta, tot i que sembla que un jove li ho impedeix. Crida «Avi, avi! Sóc en Max Oliva!» a un dels joves, el que fumava sobre el tronc, que ara s'ha incorporat i s'ha posat les mans al cap.

Els goril·les se'ns tiren al damunt. El negre m'agafa fort de les espatlles.

—Què hi fas, aquí, fill de la gran puta? —m'escridassa.

Jo provo d'alliberar-me mentre veig com un altre dels pinxos simula empaitar en Legrand.

—Corri cap al cotxe, senyor Ortensi! Corri cap al cotxe! —crida el meu guia. El negre, tot i que em manté fermament atrapat, no deixa de mirar, atònit, la trista estampa d'en Max vora la reixa.

Recordo de sobte la pistola. Em poso la mà a l'americana. Trec l'arma i apunto la cara del negre, que em deixa anar, amb els ulls oberts com dues taronges, i mira cap en Legrand, que sembla tan impressionat com ell.

—Fora d'aquí! Se us ha acabat el teatre, colla de cabrons! —els escridasso a tots plegats.

—Què collons passa aquí? —pregunta un dels goril·les dirigint-se a en Legrand, que em mira desconcertat i obliga el que el té agafat que el deixi anar.

—Qui és vostè, senyor Ortensi? —pregunta en Legrand mentre se m'acosta.

M'allunyo unes passes per tenir-los tots sota la mira de la pistola.

—No us mogueu, fills de la gran puta! Se us ha acabat el joc!

Nerviós, amb el cor a la gola i sense deixar d'apuntar-los a tots alternativament, el pols a cent per hora, dono llambregades a la zona on és en Max, que ja ha creuat la porta enreixada i s'abraça desesperadament al jove que fumava. «Avi! Avi!», sento que brama.

No sé què fer. Tot s'escapa de les meves possibilitats de comprensió. En Legrand i els seus homes es fan forts i em miren amenaçadors.

—Ets un poli? —pregunta en Legrand.

Ells són més que jo. Penso que seré incapaç de disparar l'arma. Tinc la sensació que no he disparat una arma en ma vida. Tot jo tremolo, les cames gairebé no em sostenen. En Legrand i els tres goril·les s'aproximen a petites passes, amenaçadors i violents. I de cop, quan estic a punt de disparar un tret a l'aire, sento el clàxon d'un cotxe darrere meu i una veu que em crida:

—Aleix, puja! Afanya't!

Em giro. Veig el cotxe negre, amb el motor engegat i el conductor que treu el cap per la finestreta i em crida.

—Afanya't! Hem de fugir d'aquí!

No sé qui és. La seva veu em resulta mínimament coneguda, però no sé qui és. Torno a mirar endavant. En Legrand i els goril·les s'acosten, en Max continua abraçat a aquell jove; tot és inexplicable, només el meu terror és real i provoca que em desorienti, que perdi forces. Ho decideixo ràpidament: em poso a córrer cap al cotxe negre. El conductor m'ha obert la porta del seient del copilot. Tot just salto dins i sec, ell arranca a tota velocitat i sortim esperitats pel caminet. Pel retrovisor, mentre tanco la porta, veig com s'acosten corrent en Legrand i els tres goril·les.

Aleshores em giro cap al meu xofer. Abans de reconèixer-lo, però, sento un xiulet fortíssim a les orelles i penso que he comès una nova falta en el joc.

—999, 999, 999, 999...

8

Aquest cop se'm fa més desolat encara el paratge de la sorra blanca, i l'homenet vestit de militar em mira directament als ulls amb un somriure torçat a la boca. Un calfred em recorre l'espinada i he d'abaixar els ulls, perquè no puc suportar la mirada irònica del nan. El xiulet s'ha transformat en el so que faria una ventada, tot i que no corre ni un alè d'aire. Veig la meva ombra llarga i fosca a terra, com si un focus potentíssim estigués col·locat just darrere meu.

—Benvingut 08-00873627634! Sembla que ha acabat la partida!

Alço els ulls, i descobreixo que el somriure es converteix progressivament en una rialla sorda per part del nan.

—Això mateix. Sembla que s'ha acabat la partida, senyor meu! —repeteix.

—Qui ho diu, això?

L'homenet em mira estranyat.

—Que qui ho diu? Doncs les regles del joc, ho diuen!

—La simulació no ha acabat de cap manera —el contradic.

El nan continua rient amb la boca ben oberta, tot i que no se sent cap so.

—Són les regles del joc, senyor meu! Les regles del joc!

—Quina errada he comès? Què significa un 999?

—Doncs precisament això: final de partida!

—Què collons vol dir «final de partida»? Qui decideix el final del joc?

El nan deixa de riure i em fa un gest amb les mans perquè em tranquil·litzi. Jo nego amb el cap, sense entendre res. L'home es treu la gorra i es passa un mocador per la closca.

—Senyor meu: s'ha produït un 999, i si, com sembla, no sap encara les regles del joc i el significat de les amonestacions numèriques, li ho explicaré amb tot detall. Però abans de tot, li demano que es calmi.

—Estic calmat! —crido.

—No, no ho està!

Esbufego, em poso les mans a la butxaca i respiro fons, dues, tres vegades. No entenc res, però penso que és millor escoltar què ha passat per boca del jutge o com s'anomeni el maleït nan.

—Primer la comprovació de rigor. Vostè...

—Sí, sóc jo, Aleix Ortensi, quinze anys, jugador 2, enregistrat amb el número que sigui; simulo que tinc més de vint anys, no sé quants... Anem al gra, si us plau!

L'home s'escura la gola i es torna a passar el mocador per la closca i el front.

—Bé. S'ha comès un 999, que significa final de partida, ja que un dels dos jugadors ha abandonat voluntàriament la simulació —diu finalment.

—Què vol dir que un dels dos ha abandonat la simulació? Quin dels dos?

—Doncs vostè no, com és evident —diu l'home—, sinó l'altre, el jugador 1, Max Oliva, de quinze...

—Sí, sí, ja sé qui és el jugador 1 —l'interrompo nerviós—. Però què vol dir que ha abandonat la simulació?

—Senyor meu. El jugador 1 ha cursat una baixa, o sigui, ell mateix ha fet arribar al generador central del programa l'avís d'abandó de joc. Ha decidit no jugar més.

No entenc res encara. En Max ha decidit no jugar? I per què? I com ho ha fet?

—Sembla—diu l'home, en to conciliador— que Max Oliva ha sortit del programa, ha donat l'ordre d'abandonar el joc i ha fet un clic sobre la icona de «Reintroducció definitiva».

—Què és això?

—Per dir-ho sense embuts: el seu company ha apostat per la simulació del MAX. Ha abandonat la partida per instal·lar-se definitivament a la ficció del programa. Max Oliva ha preferit quedar-se a la simulació i no tornar més a la realitat.

—Què?

—Com ho sent, senyor. Max Oliva, jugador 1, ha decidit viure per sempre més en la simulació. És una possibilitat del sistema que es materialitza quan un jugador decideix fer un clic sobre la icona «Reintroducció definitiva», que apareix en pantalla. Si un jugador abandona el joc, tant si és com a «Reintroducció definitiva» o com a «Abandó del joc», la partida no té sentit. Només queda un jugador dels dos que van iniciar el joc i, per tant, el joc s'ha acabat. Un jugador no pot jugar sol al MAX quan es tracta d'una simulació compartida.

—Però...

—No hi ha peròs, senyor. S'ha detectat un 999, o sigui, un abandó d'un dels dos jugadors. Per tant, senyor meu, el joc s'ha acabat.

Darrere meu sento una veu que crida. Em giro, i el nan es porta una mà al front fent de visera per intentar esbrinar qui és la persona que s'acosta corrent per l'extensió infinita de sorra blanca.

És a tres-cents metres de nosaltres, i en córrer aixeca una gran polseguera. Crida alguna cosa que no entenem encara. Miro el nan, i veig com parla fluixet a través d'un micròfon sense fil que jo no havia distingit i que li sura a pocs centímetres dels llavis. Torno a mirar enrere; la persona s'aproxima corrent envoltat d'una boira blanca.

—Qui és aquest? —pregunto al nan.

—M'informen —anuncia, incrèdul— que el 999 ha estat una falsa alarma. Que sembla que hi ha un segon jugador. Que la partida no s'ha acabat.

El jove que s'acosta corrent no és en Max. Té més o menys la nostra edat simulada, uns vint anys llargs o uns trenta anys curts.

—No s'ha acabat la partida! No s'ha acabat la partida! —sento que crida mentre s'aproxima.

Quan arriba al meu costat afluixa el pas i respira profundament. Es posa les mans a la cintura i es vincla endavant per respirar millor, com faria un atleta després d'una cursa.

—Ja sóc aquí... No passa res.... El 999 és una falsa alarma... —anuncia, esbufegant.

Ara que el tinc a la vora el puc veure bé.

—Sóc en Biel. Em reconeixes? —em pregunta.

Estic al·lucinat. Es tracta d'en Biel, amb deu o dotze anys més del Biel habitual que conec.

—Biel? Què hi fas tu, aquí?

El nan continua parlant pel micro mentre es retira a poc a poc, caminant enrere com els crancs a través del desert blanc.

—Ara t'ho explicaré... Això no és cap 999... Podem continuar la partida.

I tot d'una, sóc altre cop dins del cotxe fugint a cent per hora pel camí sense asfaltar vora l'Armentera.

—Ja els hem esquivat —diu en Biel—, però serà millor que ens allunyem tan de pressa com puguem.

En Biel condueix el cotxe negre i jo, agafat al seient i mirant pel retrovisor per si apareixen els goril·les d'en Legrand, tremolo com una fulla.

—Què hi fas tu, aquí? —li pregunto.

—T'ho explicaré quan pugui, Aleix. Ara m'he de concentrar en la conducció.

Arribem a la carretera comarcal, i reculem fins a l'Armentera, i després Sant Pere, i la carretera que va a Roses. No ens segueix ningú i en Biel modera la velocitat.

En Biel demana un conyac, i jo faig com ell.

—Diuen que va bé per treure la por del cos —m'informa.

Som en un bar als afores de la ciutat. Un bar que no té res d'especial i que segurament només freqüenten clients habituals, homes que van a fer una cervesa sortint de la feina, abans de tornar a casa.

—Com has arribat fins aquí? On és en Max?

En Biel fa un glop de conyac i arrufa les celles, perquè la beguda és realment forta i la gola no hi està acostumada.

—No ho sé, però em temo el pitjor —m'anuncia—. Coneixes les regles del simulador? Saps exactament com funciona i quines són les possibilitats del programa?

—No. En Max és el cap de partida. Jo no en sé gairebé res.

—Jo sí. Passo moltes hores sol i he experimentat les possibilitats del joc. Però sempre hi ha coses que em desconcerten, com ara tu i jo aquí, parlant del programa com si fóssim dos nens de quinze anys i no pas dos adults de gairebé trenta que viuen a l'any 2002. No ho sé, sempre em sorprèn. És el millor programa del món!

—On és en Max?

—Aquest és el problema i el gran dubte, Aleix. Crec que és millor que sortim de la simulació. No et preocupis de res, passi el que passi. No facis res fins que jo arribi, d'acord? No facis res, Aleix —em demana.

I em trec els auriculars abans i tot de sentir la melodia de final de sessió. Sóc a l'ordinador, i en Max era al meu costat. Tenia els ulls tancats i no es treia els auriculars de les orelles.

—Max?

No m'ha sentit. Ha continuat ben acomodat a la butaca, sense obrir els ulls.

—Max? Max? —he insistit. Li he posat una mà a l'espatlla i l'he sacsejat.— Max, estàs bé?

He descobert un paperot al costat de la pantalla amb

una frase escrita pel meu amic: «Ho sento, Aleix. Perdona'm.»

Li he tret els auriculars. M'he espantat de debò quan he comprovat que no reaccionava de cap manera: continuava profundament adormit a la butaca, respirant, però impertorbable. Li he comprovat les pulsacions al canell. M'he preguntat on devia ser en Biel, i he recordat la seva advertència de no fer absolutament res fins que no arribés.

He anat a la nevera i he agafat una llauna de Control X. He engegat el reproductor d'imatges i he vist un programa de videoclips. La simulació encara estava present en mi, cosa que no havia succeït els altres dies. M'he espantat de debò.

Han trucat al timbre i he anat a obrir de seguida. Era en Biel. M'ha saludat i de seguida ha anat cap a l'habitació.

—No ha reaccionat?

—No, està així des que he tornat de la simulació.

—Això és el que em feia por, tio...

En Biel ha acostat l'orella al cor d'en Max.

—Respira normal, i el cor també li batega de manera pausada —ha murmurat. Després s'ha assegut a l'ordinador i completament concentrat s'ha dedicat a introduir dades i pitjar amb el dit icones de la pantalla.

—L'ha escrit ell, aquesta nota? —m'ha preguntat quan ha descobert el paper amb la seva lletra sota la pantalla.

—Sí. L'he trobada quan he sortit de la simulació. Què fas? —li he demanat.

—Has sentit parlar mai de la narcolèpsia psicòtica?

—No.

—No estàs ficat en el món dels jocs virtuals, tio —ha dit, torçant una mica el cap.

Sense parar d'escriure paraules i símbols m'ha explicat que la narcolèpsia psicòtica era una mena de malaltia.

—Hi ha gent que es queda enganxada als jocs de simulació virtual. Les autoritats sempre ho han desmentit, però jo sé que és cert. Alguns programes han aconseguit introduir il·legalment uns inductors que provoquen que la gent s'hi enganxi com s'enganxaria a qualsevol droga. En Max ha aconseguit arribar a la pantalla de la «Reintroducció definitiva», la dosi letal per entrar de ple en la simulació i abandonar la realitat. En Max ha patit una mena de sobredosi, com si fos K9 o alguna substància similar que hagués ingerit. Està drogat, fora del món real. No reaccionarà davant de res. Ha preferit viure eternament en la simulació del MAX, i si no ens espavilem es quedarà com un vegetal tota la vida.

—Està jugant tot sol al MAX?

—Això és el que li han fet creure. Els programes que introdueixen inductors il·legals enganyen els consumidors, els diuen que la «Reintroducció definitiva» és una mena de partida eterna, però els metges opinen que no és així. Quan decideixes enganxar-te al programa, la teva ment queda en blanc. No, Aleix: en Max està malalt, i no s'ho està passant gens bé.

—I què podem fer?

—Hem de dur-lo a una clínica de desintoxicació i parlar amb un metge.

—I on són aquestes clíniques?

—És el que estic intentant esbrinar des de la xarxa.

En Biel, mentre teclejava sense pausa i llegia mil i una pàgines web, m'ha demanat que busqui els papers d'en

Max, el seu document d'identitat, els seus papers mèdics, les seves dades orgàniques, tot el que trobi.

He regirat tota l'habitació i, a continuació, també he escorcollat l'habitació dels pares, calaix per calaix. He trobat unes targetes d'identificació sanitària i un holograma de l'ADN d'en Max.

—Ja ho tinc! —he sentit que cridava en Biel, i he tornat corrent a l'habitació.

—N'hi ha una a Castelló d'Empúries, en un polígon industrial als afores. Teòricament, segons la llicència, es tracta d'una clínica de cirurgia estètica, però sembla que també hi tenen un pavelló privat per a narcolèptics.

—Com ho fem per arribar a Castelló?

—Amb taxi. No se m'acut cap altra manera.

Hem baixat en Max a pes per l'ascensor. En Biel s'ha quedat a la porta de l'edifici mentre jo sortia a buscar un taxi. A aquelles hores de la matinada sempre era complicat trobar un xofer que s'arrisqués a introduir desconeguts al seu vehicle. Finalment, s'ha aturat un cotxe. El conductor, un àrab d'uns cinquanta anys, s'ha malfiat de l'aspecte d'en Max.

—Està drogat. Passo de mogudes estranyes i K9 de merda...

—No, no ho està, li ho dic de debò —ha assegurat en Biel—. El portem a una clínica.

—Quina mena de clínica? On és aquest coi de clínica?

—Es tracta d'una clínica de cirurgia estètica —ha dit en Biel—. A Castelló d'Empúries.

L'home no se'n refiava gens ni mica, però la perspectiva d'aconseguir una carrera de tants quilòmetres l'ha seduït.

—Teniu diners per pagar-me? Els vull veure.

Li he mostrat un feix de bitllets que he trobat remenant els calaixos de l'habitació del pare d'en Max. També li he ensenyat la meva targeta electrònica, i el taxista n'ha comprovat immediatament la validesa a l'ordinador que portava al cotxe.

—Per què el porteu a una clínica de cirurgia estètica? —ha preguntat, quan ja estava a punt d'acceptar la carrera.

—Doncs... Veurà, senyor... la seva cara... —he intuït que en Biel estava improvisant una excusa mínimament creïble—. La seva cara és una pròtesi. I se li deu haver desconjuntat alguna costura. Ha perdut el coneixement. Diuen que fa un mal insuportable.

L'home ha ventat una mirada incrèdula al malalt, però ens ha obert la porta del darrere del taxi. Hem assegut en Max entre nosaltres dos, i l'home ha posat primera i ha arrancat.

Només han estat dotze quilòmetres, però els hem patit de valent. De tant en tant ensopegàvem amb els ulls del xofer, que ens observava a través del mirall retrovisor.

—Aquest noi fa mala cara —ha insinuat un parell de cops.

—Més dolenta la feia abans, quan no duia la pròtesi —ha dit en Biel.

—Què li va passar? —ha volgut saber el taxista.

—Un accident de cotxe. Li van fer la cara nova. Un desastre.

L'home ha assentit amb un cop de cap, i em Biel m'ha fet l'ullet dissimuladament.

Quan hem arribat a la clínica, mentre en Biel i el taxista treien en Max del cotxe, he entrat a demanar ajuda. Els he dit que dúiem un malalt que no s'aguantava dret.

—Què li passa? —m'ha demanat la infermera de recepció.

Li he dit que volia parlar amb un metge. Ella ha avisat els portalliteres per l'intèrfon, que de seguida han sortit a fora i han col·locat el Max en una llitera amb rodes. He pagat el taxista i en Biel i jo hem custodiat la carrera horitzontal d'en Max fins a la sala d'intervencions.

—Es tracta d'una narcolèpsia psicòtica —ha dit en Biel al metge, que se l'ha mirat amb suspicàcia mentre s'escurava la gola.

—Per què l'heu dut aquí? —s'ha limitat a preguntar quan injectava una substància al braç del meu amic.

—Ho hem esbrinat a través d'una pàgina web.

—Tot això és confidencial, suposo que en sou conscients, i haureu de signar una clàusula especial abans que nosaltres li fem res.

—Ho sabem —ha dit en Biel, aparentment acostumat a afrontar problemes com aquell que teníem aleshores.

—Què en sou? —ens ha preguntat el metge—. Família directa?

—Ell és el seu cosí —ha dit en Biel, assenyalant-me i fent-me l'ullet per segona vegada.

«Cosí, com a la simulació», he pensat.

—D'acord. Aneu amb la infermera, que us prendrà les dades. Espereu a la sala de la segona planta. Sortiré a donar-vos informació sobre l'estat del pacient tan aviat com pugui.

La infermera ens ha preguntat un munt de coses, especialment sobre el programa en el qual s'havia quedat penjat en Max. En Biel no ha dubtat ni un segon a dir la veritat.

—És un addicte?

—Des que el va descobrir hi juga diàriament —ha confessat en Biel.

—Quantes hores?

—No es pot saber —he contestat jo—. Viu sol. Ningú no el controla. Segur que hi ha dies que està connectat tota la nit.

També ens ha demanat si teníem diners per pagar el tractament i l'estada a la clínica. Els tractaments de narcolèpsia solen ser llargs i el pacient acostuma a estar internat força dies. Li he mostrat el feix de bitllets i la targeta i s'ha apressat a comprovar-ne la validesa.

Hem pujat a la segona planta i hem tret un Control X de la màquina de begudes. En Biel ha provat de contestar totes les meves preguntes.

—Ja saps que vaig estar una tarda sencera a casa seva. Vam xerrar molta estona sobre el simulador, perquè tots dos en som fanàtics. Em va mostrar les dades de la simulació que compartíeu, i jo, aprofitant un moment que ell va anar al lavabo, les vaig transferir al meu portàtil per poder-me introduir en la vostra partida des de casa meva. No ho sé, potser no està ben fet, però vaig pensar que seria divertit intentar-ho —i ha fet una pausa—. Tinc pocs amics, suposo que ja ho saps. No caic gaire bé a la gent. Però tant se val, no vull parlar d'això. Aquella tarda amb en Max va ser divertida i vam provar un munt de simulacions. No ho sé, vaig pensar que m'agradaria connectar-me a la vostra, encara que signifiqués ficar-me on no em demanen...

—I et connectaves des de casa teva? Des del teu ordinador?

—Sí, és una possibilitat que vaig descobrir. Havia d'introduir, però, totes les dades que vau crear vosaltres perquè la simulació fos la mateixa. Com que les havia gravat, les vaig poder afegir a la meva base de dades.

—Et connectaves quan nosaltres també ho fèiem?

—Sí. Suposava, pel que em va dir en Max, que us connectàveu a les tardes. I avui tot el dia, és clar, perquè no hi ha hagut col·legi.

—És al·lucinant...

—En Max em va explicar allò que simulàveu. No ho sé. Em va semblar interessant treure-hi el nas. Es tracta d'una simulació molt estimulant...

Hem fet uns glops de beguda sense dir-nos res. En Biel estava preocupat per la seva acció, però en el fons he d'estar-li'n agraït. Sense ell, en Max hauria fet el mateix i jo no hauria sabut com reaccionar. Li he preguntat per què creu que en Max ha preferit quedar-se a la simulació del passat i no tornar a la realitat. En Biel s'ha encongit d'espatlles.

—Deu trobar-se millor en aquell món inventat. Allí deu ser feliç.

—Però per què?

—Potser ha trobat allò que buscava.

Aleshores he entès tota la història.

He recordat com vaig descobrir que el seu avi es deia Max Oliva com ell. He recordat els àlbums de fotos, la descripció de la figura de l'avi desaparegut.

En Max m'havia enganyat des del principi. La simulació que vam idear no era fruit de l'atzar, sinó que havia estat creada amb una finalitat concreta que jo ignorava. El cas que ell havia suggerit per ser investigat per l'Agència de Detectius Max l'havia de conduir a una meta. «Vells? Buscar vells perduts?», havia preguntat jo la primera tarda, quan elaboràvem les dades de la simulació. En Max havia creat una ficció per retrobar-se amb el seu avi perdut, a qui d'alguna manera enyorava, tot i que segurament no havia conegut mai.

He pensat en els pares d'en Max, que mai no eren a casa. Fa un parell de dies em va dir que si més no jo els tenia a la vora, els pares. Potser ell no els veu mai, i tot allò que explica dels viatges i del menjar és una mentida.

—Tinc una teoria, Biel. Una teoria sobre per què en Max ha preferit quedar-se a la simulació.

En aquell moment ha entrat el metge. En Max estava sota control. Havíem obrat correctament portant-lo tan de pressa a la clínica i hi havia moltes possibilitats de curació, tot i que el període de convalescència seria llarg.

—Això que ha fet el teu cosí és una irresponsabilitat molt gran —m'ha dit el metge—, i més irresponsables encara són els creadors de programes virtuals tan perillosos. En Max Oliva ho superarà, però ara per ara no és res ni ningú. Vegeta com un intoxicat de K9. I només té quinze anys.

—La nostra societat està malalta —ha sentenciat en Biel.

El metge ha dit que era fascinant que aquest judici el fes un nen de quinze anys, i que la societat estava realment malalta si permetia les dues coses: que en Max s'hagués enganxat a la simulació i que en Biel fos tan escèptic davant del futur. L'home s'ha passat una mà per la cabellera, ens ha somrigut i ens ha dit que seria millor que tornéssim a casa. En Max estaria ben atès.

—Quan podem tornar a veure'l?

—Podeu venir quan vulgueu, però ell no estarà conscient fins d'aquí a uns dies. On són els seus pares?

—De viatge —he contestat.

—Seria bo que tornessin de seguida.

Des de recepció hem avisat el taxi que ens ha portat a Figueres. En Biel i jo ens hem acomiadat a la Rambla. Estava a punt de sortir el sol. Els portals dels edificis estaven ocupats per indigents que dormien recargolats a terra, a tocar de la paret. En Biel ha fet una trucada al mòbil i ha quedat amb algú que el vindria a recollir. Jo li he dit que havia d'anar a cuidar els pares. Hem quedat que provaríem de dormir unes hores i al migdia ens trobaríem a casa d'en Max. Vull aconseguir més informació sobre la família d'en Max, sobre els pares i els avis. I en Biel ha proposat tornar a entrar a la partida i provar de rescatar en Max del seu infern de fantasia.

—Serà la millor manera de curar-lo. Fer-li veure que s'equivoca, que la realitat no és allà. Si accepta tornar amb nosaltres, haurem guanyat el joc, Aleix.

Li he fet adéu amb la mà mentre m'allunyava. Abans de girar la cantonada he vist com un cotxe s'aturava davant d'en Biel i ell hi pujava.

9

En arribar a casa vaig devorar unes llesques de pa sec a la cuina, i després de donar moltes voltes al llit incapaç d'agafar el son, vaig seure al menjador davant de la pantalla. No veia les imatges ni sentia què deien. Només pensava en el meu amic a la clínica, en la seva malaurada aposta per abandonar la nostra relació i el nostre món i quedar-se a viure en el malson del MAX. Vaig imaginar-lo minuts després de la meva escapada des de l'Armentera en el cotxe d'en Biel, sol i abraçat a aquell jove que havia confós amb el seu avi. Estic segur que aquell paio era un actor contractat per en Legrand, però que d'alguna manera havia aconseguit enredar el meu amic, com havia fet dubtar dies abans la Hanna Matteus. En Max i jo hem comprovat que la visió que tenim de la realitat de la simulació no és la mateixa. Encara que vivim les mateixes experiències, cadascun de nosaltres veu els objectes i les persones d'una manera especial. Aquí segur que hi influeix el subconscient, o la memòria. Estic segur que en Max va veure el seu avi en la figura d'aquell jove. Jo no sé com era el seu avi, però encara que ho hagués sabut, segur que el jove que vaig veure no s'hi assemblava gens. En Max va veure projectat el seu somni, la causa primera de la simulació, en aquell jove que interpretava un paper a la masia atrotinada de l'Armentera.

Però el cas és que en Max estava segur d'haver-se retrobat amb l'avi enyorat, i havia tornat a la realitat de la seva habitació sense avisar-me per buscar com un desesperat la icona de «Reintroducció definitiva» a la pantalla. Potser es va acomiadar de mi, que seia amb els ulls tancats a la butaca del costat. «Adéu, Aleix», em va dir, abans o després d'escriure el missatge en un paper. I a continuació va fer un clic damunt la icona. Potser va anar així.

Vull tornar al seu costat per mostrar-li la veritat, costi el que costi. Vull recuperar el meu amic per dir-li: «Max, tio, que això és una trampa.» Confio que en Biel estigui capacitat per acompanyar-me, però cal rumiar una bona estratègia: he d'aportar proves clares de la trampa, proves irrefutables de l'engany. «No, Max, aquest no és l'avi que busques; aquest paio és un farsant, com ho són en Legrand i els altres. Sóc el teu amic, i el meu deure és ajudar-te i obrir-te els ulls. Has de confiar en mi, perquè jo mai no t'enganyaria.»

M'he llevat a dos quarts de dotze. Els pares no s'havien atrevit a llevar-se sols, i jeien tots dos al llit, amb els ulls ben oberts quan he entrat a la seva habitació. La mare m'ha preguntat amb la mirada a què es devia aquella trigança tan exagerada, però jo no he dit res. No tenia ganes de parlar, ni de mentir, ni de dissimular. No tenia ganes de res. Els he preparat l'esmorzar. No els he volgut ni mirar mentre menjàvem, perquè avui la meva fita no són ells, sinó en Max. No vull que en Max es torni com els pares. No vull saber res del món fins que no recuperi el meu amic. No sóc ningú fins que ell no torni. No existeixo. Em pregunto si seria capaç de fer un clic damunt la icona maleïda com va fer ell. No, no he pogut mirar els pares mentre esmorzàvem, perquè no estava gens segur de tornar a casa aquest vespre.

Els he deixat davant de la tele. He agafat la bici i he pedalejat fins a casa del meu amic. Abans de pujar l'escala del pis he rebut una trucada al mòbil, però no he respost. Era la Marta, que segurament havia planejat una excursió o una sortida amb la Lua. No, avui no existeixo per a ningú.

En Biel no havia arribat encara. He entrat al pis amb les claus que vaig agafar ahir a la nit i he anat de seguida a l'habitació dels pares d'en Max. He regirat tots els calaixos a la recerca de papers, documents acreditatius i fotografies. He tornat a agafar els àlbums i he visionat amb deteniment totes les fotografies. Per què en Max n'estava tant, del seu avi Max, si ni tan sols l'havia conegut? L'avi Max Oliva va deixar la seva dona quan estava embarassada del pare d'en Max, cap allà l'any 2002, l'any de la simulació. Era un drogoaddicte i ningú no sap què se'n va fer, d'ell. L'àvia d'en Max va pujar el seu fill sola, fins que el nen es va fer gran i es va casar i es va convertir en el pare d'en Max. Teòricament, si la història era aquesta, en Max no havia vist mai el seu avi. O m'equivoco? Que potser hi ha alguna dada que no sé?

En Biel ha arribat poc després. Hem agafat un parell de llaunes de Cobra de la nevera i ens hem assegut a l'ordinador. Li he estat explicant totes les meves sospites: la història de la seva família, la descoberta de l'avi Max, i també la inexistència de cap pista sobre la possibilitat que en Max i el seu avi s'haguessin conegut.

—No ho crec, Aleix —m'ha dit en Biel—. Ahir, en la simulació, en Max es va dirigir cap a un jove i li va dir avi. Si en Max hagués conegut mai el seu avi en la realitat, aquest no hauria estat un jove, sinó un home gran, més gran que el seu pare.

—Tens raó.

—Ell va anar directament cap al jove. Realment no el podia haver conegut, però sí que podia haver vist fotografies d'ell, ja que sembla que el va reconèixer.

—O potser ni tan sols això —l'he corregit—. En Max va projectar la imatge inventada de l'avi que no ha vist mai sobre un jove qualsevol. Cadascú té una percepció diferent de la realitat en la simulació. Ho hem comprovat un munt de vegades.

—O sigui, que va reconèixer una mena de fantasma...

—Va creure reconèixer un impostor.

—Digues-li com vulguis. El cas és que van aconseguir enganyar-lo. En Max es va pensar que aquell jove era el seu avi.

—No apareixen fotos de l'avi en els àlbums de família. Els he mirat moltes vegades, foto per foto. Només n'hi ha una d'esquinçada: la part on apareixia l'avi estava trencada, no hi era. Només s'hi veu l'àvia sola, abans de separar-se, abans que naixés el pare d'en Max.

En Biel ha insistit en el tema de les imatges.

—Si tu tinguessis imatges secretes, fotografies que no volguessis que els teus pares trobessin, on les guardaries?

—Que els meus pares no les trobessin? —he rumiat—. Doncs a l'ordinador.

—Jo també faria el mateix! —ha exclamat en Biel, i de seguida s'ha posat a inspeccionar tots els documents i les carpetes d'en Max.

Ens hi hem estat una bona estona. Hem obert fotografies d'amics, treballs del col·legi, fotos familiars, fotos de quan ell era petit, i fins i tot fotos porno que es baixava de la xarxa i que desava en carpetes de títols tan cridaners com «luxus», «SEXY» i coses així. Finalment, hem trobat la carpeta «M.O.2000».

Les imatges que en Max havia escanejat eren dibuixos, possiblement fets per ell mateix, que mostraven un jove d'uns vint anys, amb el qual tenia una retirada.

—Aquest és l'avi Max! —ha dit en Biel.

Els dibuixos representaven un home sol, somrient, amb samarreta sense mànigues, amb una gorra de beisbol. En un dibuix duia rastes de cabell, com els jamaicans, i dues ales a l'esquena, com un àngel. En el document «M.O.2000», a més a més dels dibuixos, hi havia escanejades unes cartes. En Biel les ha imprès i les hem pogut llegir sobre paper, al menjador de casa, mentre bevíem una segona llauna de Cobra.

Després de llegir-les, en Biel i jo ens hem mirat l'un a l'altre.

—Introduirem les noves dades i entrarem a la simulació —ha anunciat en Biel.

Ens hem assegut davant de la pantalla i ens hem posat els auriculars. «Wellcome to the MAX», diu la veu. «Wellcome to the New Experience.»

Anem en cotxe fins al carrer Nou número 45, i aparquem a pocs metres de la casa. Pitgem el timbre del cinquè segona. Una veu femenina ens demana què volem.

—Som amics d'en Max Oliva, senyora.

Pugem amb l'ascensor. Una dona embarassada ens espera al replà. La porta del pis és oberta i sentim música clàssica.

—Què volen? —ens pregunta. La dona està nerviosa, no para d'acaronar-se la gran panxa que creix sota el vestit.— En Max Oliva ja no viu aquí —afegeix.

—Som amics seus, senyoreta. Només busquem una prova contundent de la seva existència —anuncia en Biel.

La dona es mira la panxa, i fa una ganyota. Jo miro en Biel. Penso que no ha estat prudent demanant-li allò que volem d'aquella manera. Ell se n'adona, s'escura la gola i, quequejant, repeteix el motiu de la nostra visita.

—Necessitem, volem dir, alguna imatge, fotografia o cinta de vídeo en què aparegui en Max. —Fa una pausa, però no espera que parli la dona.— Volem salvar en Max. Li ho diem de debò.

—Jo no vull saber res d'aquest fill de puta —diu la dona, com si escopís les paraules.

—Només una fotografia, senyoreta. Una fotografia en què surti en Max Oliva. Necessitem salvar un amic nostre.

—Vosaltres no sou d'aquí. No us havia vist mai.

—No. Té raó. Som... de fora. No ens ha vist mai, senyoreta.

—No vull saber res d'aquest fill de puta —insisteix.

Una dona més gran apareix retallada al marc de la porta.

—Què volen? —ens demana, sense sortir al replà.

—Són amics d'en Max —diu la prenyada.

—Doncs ja se'n poden anar per on han vingut. No en traureu res de nosaltres, ionquis de merda! —ens escridassa la dona gran.

—Deixa'ls, mare. No volen diners, només fotografies.

—Fotografies? Quina mena de fotografies?

Trobo que la besàvia d'en Max té una retirada al seu pare. En les fotografies de l'àlbum ja ho vaig pensar, i ara, en veure-la tan enèrgica i lluitadora, ho constato. La besàvia protegeix la seva filla abandonada per damunt de totes les coses. Seria capaç de matar per protegir-la. No se li esquerda la veu ni en un sol moment durant la conversa.

—Només volem una fotografia d'en Max Oliva, senyora —diu en Biel—. Només una imatge en què ell aparegui. Només això.

—Per què la voleu? No sé ni qui sou —diu la dona.

—És difícil d'explicar —li dic jo—. Si ens fan l'immens favor de buscar una foto d'en Max i donar-nosla, les deixarem en pau de seguida.

Mare i filla es miren sense entendre res.

—La meva filla va trencar totes les fotos en què sortia en Max. No en tenim cap —afirma, contundent, la dona gran.

—Encara en tinc alguna, mare —intervé la filla—. N'hi ha un parell que no vaig poder trencar.

La dona es mira la seva filla amb cara de reprovació, però no diu res.

—Doncs dóna'ls-les. I que se'n vagin cagant llets —i torna a entrar a la casa.

—Aquest malparit m'ha fet molt mal —diu la jove prenyada.

En Biel i jo abaixem el cap. Finalment, ella entra a la casa i apareix al cap de pocs minuts amb dues fotografies. Una és la que, partida per la meitat, està enganxada a l'àlbum dels pares d'en Max.

—Sabeu on és? —ens pregunta mentre observem les fotos.

—No. Nosaltres intentem salvar un altre amic.

—Per què necessiteu les fotos d'en Max? —ens pregunta.

En Biel i jo ens mirem sense saber què contestar.

—Aquesta foto d'en Max Oliva ens ajudarà a salvar el nostre amic. Un amic que s'estima molt en Max.

Ens acomiadem de la noia després de donar-li les gràcies.

—Si el veieu... —diu, però s'atura de seguida.

—Què vol que li diguem? —pregunto.

—No res —diu, després de dubtar uns segons—. Que se'n pot anar a la merda. Que no vull... no volem saber res d'ell.

—No es preocupi.

En Biel condueix el seu cotxe negre i jo observo amb deteniment les dues fotografies que ens ha donat l'àvia d'en Max. Són un prova ridícula, penso, una prova poc convincent. Però hem de jugar la nostra única carta. Des del mòbil faig una trucada a l'inspector de la policia. S'estranya de sentir-me, i em pregunta què ha passat, on sóc i si tot continua bé. M'excuso, explico que encara no sabem res del vell Pallissera. La policia segueix la pista dels extorsionadors, i l'inspector em parla d'una associació criminal que treballa arreu de Catalunya i al sud de França. Jo no puc dir-li res encara. Fins que no trobi en Max no puc donar cap pas en fals. «Estan a punt de caure», m'anuncia. Li pregunto per les dones alemanyes, i em diu que han tornat al seu país, però que estan disposades a declarar durant el judici quan pesquin els corruptes.

Arribem a Sant Pere des de Vilacolum i ens dirigim a l'Armentera. Fa un dia assolellat i bufa una mica de tramuntana. Sospito que trobarem la casa abandonada i que no sabrem on anar a buscar en Max, però en Biel té esperances.

Ens endinsem pel camí sense asfaltar en direcció a la masia. Tant en Biel com jo temem l'aparició sobtada del grup d'en Legrand, els seus goril·les i els seus actors. Em pregunto si amb ells hi haurà en Max, i quin paper interpretarà ara que està convençut d'haver trobat aquell a qui buscava.

Deixem el cotxe a uns dos-cents metres de la casa, en un voral del camí, darrere de la pineda. Conservo la pistola, que duc camuflada en el cinturó dels pantalons. Caminem procurant no fer soroll, l'un al costat de l'altre. Quan arribem al lloc des d'on es veu la masia, ens agenollem i esperem.

No s'hi veu ningú. La porta enreixada és tancada, i la de la casa també. No hi ha ningú a fora, només mobles vells, uns troncs i la galleda que utilitzava el noi que ahir simulava emblanquinar la façana. «No hi són», murmura en Biel. Ens incorporem a la vegada i avancem a poc a poc cap a la reixa. No hi ha cotxes aparcats, ni cap senyal de vida humana. Em pregunto què n'han fet, d'en Max.

La porta enreixada és oberta. Ens apropem a la porta de la casa, que també és oberta, perquè no té pany ni balda ni res. Es tracta d'una casa abandonada, no hi ha cap dubte, que els homes d'en Legrand utilitzen com a esquer per a les futures víctimes de les extorsions, com van fer amb la Hanna Matteus i amb mi. Entrem a la casa, plena de runa, mobles destrossats i rastres d'haver-hi encès fogueres. També hi ha un munt de xeringues per terra i un parell de matalassos florits d'humitat. «Merda», sento que remuga en Biel. És evident que allí no hi viu ningú, i em pregunto si en Max s'hauria adonat de la farsa abans de sortir del joc i fer un clic damunt la icona de «Reintroducció definitiva». A la força havia d'haver vist que aquell cau de porqueria era una trampa! Va estar abraçat al noi que deia que era el seu avi davant de la porta oberta! A la força havia de clissar, encara que només fos un segon, l'interior abandonat i la runa!

De cop recordo la fotografia del nét de la Hanna que ella va trobar a l'exterior, i mentre en Biel es queda tafanejant en aquell niu de merda surto de la casa i, amb la mirada a terra, inspecciono els voltants. Suposo que la meva posició afavoreix que no m'adoni que algú s'apropa, i abans d'alçar el cap sento el clic del fiador del revòlver.

—Benvingut, senyor Ortensi —em saluda una veu darrere meu.

Quan em giro veig en Legrand al costat del goril·la negre que m'apunta amb un revòlver a pocs centímetres del front.

—Deu haver vingut a buscar el seu cosí. Ho he endevinat?

Uns metres més enllà apareixen dos homes més que porten en Biel amb els braços a l'esquena. Un d'ells li tapa la boca amb la manassa i li impedeix xisclar.

—Aquest altre «cosí» —diu amb una cantarella irònica— deu venir amb vostè, m'equivoco?

En Biel fa esforços per alliberar-se, però els homes el mantenen immobilitzat.

—On és el meu amic?

—Ara és «amic»? Ja no és cap «cosí»?

—Què li han fet?

En Legrand fa un xiulet, i d'un cotxe aparcat davant de la porta enreixada baixa en Max acompanyat d'un home jove.

—Max! —el crido.

En Max i el jove se'ns acosten, i es queden palplantats a pocs metres d'en Legrand i companyia. Descobreixo una mirada perduda en els ulls d'en Max, un estat de relaxació muscular que, malauradament, em resulta familiar.

—Què li han fet? —repeteixo.

—La policia està desesperada provant d'esbrinar quina mena de droga administrem als nostres «cercadors». No la reconeixen! —exclama—. No la reconeixen ni la reconeixeran mai, senyor Ortensi, perquè, per dir-ho d'alguna manera, aquesta substància la importem del futur!

En Legrand riu i jo observo l'estat en què es troba en Max. Penso inevitablement en el K9, i se'm remou l'estómac.

—Li hem subministrat una dosi molt petita, no pateixi. De tota manera els joves l'aguanten millor que els vells, això li ho puc ben assegurar.

—Què volen de nosaltres? —li demano.

En Legrand em mira directament als ulls i torça els llavis en un somriure de superioritat.

—És una mica complicat d'explicar, senyor Ortensi. Perquè resulta que vostès, pel que hem esbrinat, no pertanyen a cap família benestant, ni tenen tants diners com em va anunciar el dia que em va encarregar la recerca del seu cosinet. No, senyor Ortensi —continua en Legrand—. Vostès han resultat ser dos investigadors privats de pacotilla que no tenen on caure morts. Els comptes corrents ja són buits, sap què vull dir? Ja no en podem recollir ni una engruna més. I no tenen propietats ni objectes de valor, si no és el vell ordinador que hi ha a l'oficina de Figueres. Per no tenir no tenen ni família. O sigui, que són un grapat de merda, tant l'un com l'altre.

—Han estat al nostre despatx?

—Hem estat a tot arreu. El seu «cosí», sota els efectes de la droga, ha parlat com un llibre obert. També estem al cas dels seus contactes amb la policia arran del descobriment dels vells perduts.

—La policia els enxamparà d'un moment a l'altre —li dic.

—Això ja ho veurem. I aquí sí que ens poden ajudar, senyor Ortensi.

En Legrand ordena al sicari que m'apunta que m'escorcolli. Em treu la pistola i el mòbil.

—Ben segur que trobarem aquí —diu en Legrand recollint el meu mòbil de mans del goril·la— el número de l'inspector de la zona. Ben segur que vostè concertarà una cita amb ell, i ben segur que li donarà una pista falsa que el durà lluny de nosaltres mentre recollim els trastos i fugim. Ben segur que això serà el que farem, senyor Ortensi.

—L'inspector no em creurà.

—Vostè provarà de ser convincent, senyor meu, perquè de la seva interpretació depèn la vida dels seus col·legues. Els meus socis aquí presents tenen l'índex de la mà molt donat a prémer el gallet d'un revòlver.

Mentre en Legrand parla, em fixo com en Max mira extasiat el jove que té al costat, i com murmura «avi» sense gairebé moure els llavis, i deixa reposar el cap sobre la seva espatlla. El jove es limita a passar-li un braç al voltant del coll. «Sóc aquí, Max. No pateixis, fill», li diu. No s'assembla gens al Max Oliva autèntic que duc fotografiat a la butxaca de l'americana.

En Legrand em convida a pujar al cotxe que han deixat davant de la casa. Tots dos estem asseguts als seients posteriors i per la finestra veig com els goril·les obliguen en Biel i en Max a agenollar-se i els apunten amb els revòlvers. En Legrand em passa el mòbil.

—Truqui a l'inspector. Digui que són a França, jo que sé, a Carcassona, o a Lió. O a París, millor encara. Demani-li ajuda; l'ha de convèncer com sigui.

—I si no s'ho empassa? I si no ho aconsegueixo?

En Legrand mira a través del vidre.

—Reduirà la família, senyor Ortensi: em temo que es quedarà sense cosinets.

La meva única basa és la trucada que he fet a l'inspector mentre veníem cap aquí. Això en Legrand no ho sap, i he d'apostar fort.

Busco el número de l'inspector en el directori. Li truco.

—Inspector? Aleix Ortensi. Fa dies que no parlàvem.

En Legrand mira cap a fora, sembla que està tranquil i confiat.

—Li truco des dels voltants de París. Necessito ajuda. No hem perdut d'ull els extorsionadors dels avis. Hi hem arribat seguint la trama del vell Pallissera. Sabem on s'amaguen, però sols no podem fer gran cosa.

En Legrand somriu. Ara mira endavant i sospira. Mentre parlo veig els ulls implorants d'en Biel i la mirada absent d'en Max, tots dos agenollats a terra.

—Sí, sí, però m'agradaria que a més a més dels seus col·legues francesos pogués acostar-s'hi vostè amb els seus homes. Hi ha un munt de connexions que hauria de conèixer.

Prego al cel perquè en Legrand no escolti la quantitat de preguntes que m'està fent l'inspector, que ha notat de seguida que alguna cosa no rutlla i està a l'aguait d'un senyal.

—Sí, sí. A prop de París, a la vora del poble on va néixer l'Else Marie, la seva dona, inspector. Truqui'm quan estiguin arribant i els facilitaré la situació exacta.

En Legrand m'interroga amb la mirada. Jo faig un gest amb el cap: «No passa res, tot és correcte.»

Quan tallo la comunicació en Legrand em pregunta qui és l'Else Marie i jo, molt per sobre i sense donar-hi cap importància, li explico que es tracta de la companya de l'inspector, que és francesa i va néixer prop de París.

—No intenti jugar amb mi, senyor Ortensi —remuga en Legrand.

—Què ens passarà ara? —li pregunto.

—Ens els emportarem com a ostatges. Fugirem en direcció oest.

Baixem del cotxe. Sospito que si anem amb ells acabaran injectant-nos una dosi de cavall de K9 que ens deixarà vegetant per a tota la vida. Penso que no hem de pujar al cotxe, que hem de fugir com sigui. Intento transmetre a en Biel aquest pensament a través d'una mirada penetrant, mentre en Legrand exigeix que li doni les claus del cotxe.

—Hem de marxar, i ho farem amb els dos vehicles, el seu i el nostre.

Em pregunto com aconseguirem que en Max ens segueixi si tenim la possibilitat de fugir: no solament ens costarà esquivar les manasses i les armes dels nostres segrestadors, sinó que hem de comptar amb l'apatia i la impassibilitat d'en Max drogat que tenim al davant i que continua pendent dels moviments del jove que l'acompanya tota l'estona i que s'ha convertit en una mena d'àngel de la guarda en forma d'un avi que no va tenir mai.

—No pensem pujar al cotxe, Legrand. Nosaltres tres ens quedem aquí —li dic.

Ell es gira i dirigeix una mirada irònica als seus seguaços.

—No ens mourem d'aquí. Podeu fugir, teniu via lliure. Ara bé, nosaltres ens quedem —insisteixo.

En Biel es queda parat de la meva sang freda, no se'n sap avenir. Ho endevino a través dels ulls oberts com taronges que em miren per sobre de la manassa que li manté fermada la boca.

—En Max Oliva també es queda.

—En Max Oliva no voldrà quedar-se —puntualitza en Legrand—. I vosaltres fareu el que jo digui. No hi ha discussió, senyor Ortensi.

—Ens penseu matar aquí mateix? Cavareu una fossa per amagar els cossos?

—No em toqui els collons, senyor Ortensi. És millor deixar que les coses rutllin sense entrebancs...

—Nosaltres no ens mourem d'aquí —insisteixo.

—Els cardem un joc d'hòsties a cadascú i s'ha acabat el bròquil! —sento que remuga un dels goril·les.

El cap de la banda dubta. Entra al cotxe d'en Biel i comprova que s'engega; torna a sortir i camina al voltant nostre.

—No em toqui més els collons, senyor Ortensi —repeteix, i sospito que té pressa, que no pot perdre més temps amb nosaltres. En Biel m'ajuda a la seva manera, i prova d'escapolir-se del seu raptor.

—D'acord —diu finalment en Legrand dirigint-se als seus homes—. Que es quedin els dos desgraciats. Ens endurem el cotxe i el sonat.

Entenc de seguida que «el sonat» és en Max.

—En Max Oliva es queda amb nosaltres! —crido.

En Legrand llança una mirada al jove que custodia en Max.

—Anem, fill meu. Pugem al cotxe —murmura el noi a l'orella del meu amic.

En Max l'obeeix sense dubtar ni un segon. Jo el crido amb totes les meves forces, mentre dos dels homes ens empenyen, a en Biel i a mi, fins a un arbre, al qual ens lliguen amb unes cordes que han tret del maleter de l'altre cotxe.

Immobilitzats i amb una mordassa a la boca, en Biel i jo observem, impotents, com en Legrand ens fa adéu amb la mà i puja al seu cotxe amb dos homes. Els altres dos i en Max pugen al cotxe d'en Biel. Engeguen els motors i desapareixen l'un darrere l'altre aixecant un núvol de pols i fulles seques.

En Biel i jo estem d'esquena i no ens podem veure. Ens comuniquem mitjançant sons guturals, com dues bèsties ferides i empresonades. Provo de desfer el nus de la corda que m'estreny els canells, però sóc incapaç d'aconseguir-ho.

No han passat ni cinc minuts quan sento un cotxe que s'apropa. Em quedo quiet i expectant, igual que en Biel. Veig el cotxe que avança lentament cap on som nosaltres. S'atura i en baixa un jove. Havia desitjat que fos l'inspector o un dels seus, però es tracta d'un jove, més o menys de la meva edat simulada, que du un ganivet de cuina a la mà. Els meus ulls esbatanats il·lustren l'esglai que m'encongeix el cor: penso que és un dels homes d'en Legrand que ve a matar-nos per no deixar cap testimoni. Però quan s'acosta, el meu esglai es transforma en perplexitat en descobrir que es tracta d'en Biel, a qui fins ara estava segur de tenir al darrere, compartint les cordes que ens lliguen al mateix arbre.

—Ja he arribat! —exclama el nou Biel, que té una veu completament diferent de la d'en Biel habitual—. Què us han fet, aquests malparits?

Comença a tallar les cordes que ens mantenen immobilitzats, a mi i a un altre hipotètic Biel, que hi ha d'esquena contra el tronc. Estic convençut que alguna cosa no quadra i que d'un moment a l'altre sentiré el xiulet insuportable de les faltes del joc, i el maleït nan del programa em dirà que he comès una nova errada. Però això no passa, i el nou Biel allibera de la mordassa el meu company d'esquena.

—Em pensava que no arribaries mai! —diu en Biel, panteixant.

A continuació, quan el meu company ja està alliberat, tots dos s'apressen a deslligar-me. Comprovo, al·lucinat, que són dos Biels.

—Hola, Aleix Ortensi —em saluda el segon Biel.

—Hola. Gràcies —és l'única cosa que sóc capaç de dir-li.

En Biel ordena pujar al cotxe sense perdre temps i seguir en Legrand. El nostre objectiu primordial és rescatar en Max. Els dos Biels seuen als seients davanters i jo, al posterior. El que condueix, el nouvingut, fa una maniobra per girar el vehicle i ens allunyem a tota velocitat de la masia abandonada.

En Biel, en la seva posició de copilot, posa al corrent el nouvingut dels darrers esdeveniments. L'altre no aparta els ulls del caminet, primer, i de la carretera, després, i va assentint amb el cap. Es coneixen, no hi ha cap dubte, i sospito que es tracta de l'amic d'en Biel, aquell que li fa de protector. Em mantinc callat al darrere, i penso que quan sigui l'hora de les presentacions o els agraïments, ja hi intervindré. En Biel es gira un moment per dir-me que tot està en ordre.

—Jo sóc en Biel, el teu amic. A aquest altre no el coneixes de res i no es diu Biel.

—OK —faig jo.

Arribem a l'Armentera. Els cotxes d'en Legrand poden haver fugit cap a Girona per la comarcal que travessa Ventalló, o poden dirigir-se cap a Figueres i agafar l'autopista.

—Han fugit amb el teu cotxe negre? —pregunta el noi a en Biel.

—Sí, m'han robat les claus.

—Aleshores eren ells. M'ha semblat que podia ser el teu cotxe quan me'ls he encreuat de cara. No —confirma el jove—, no anaven a Girona. Anaven en direcció Sant Pere.

—En aquest cas, vagin on vagin —diu en Biel—, hauran de passar per Figueres per agafar la nacional 2 o l'autopista. El que no sabem és si per arribar-hi hauran anat per la comarcal 260, que uneix Roses i Figueres, o per la de Vilacolum i la carretera de l'Escala, tal com hem fet nosaltres aquest matí.

— Ens hem d'arriscar —diu el conductor—. Que algú de vosaltres triï una opció a l'atzar. Al cap i a la fi es tracta d'un joc, no?

—Sant Pere-Roses —faig jo.

—OK —diu en Biel.

No ens cal arribar-hi. A l'entrada de Sant Pere venint de l'Armentera, just a la rotonda que desvia els cotxes que van a les platges, un cordó policíac té requisats els dos cotxes amb els quals pretenien fugir en Legrand i els seus homes.

—Els han enxampat! —exclamo.

Mentre aparquem veig com l'inspector està interrogant en Legrand, que està a punt de pujar a un furgó de la policia amb les mans emmanillades a l'esquena. Surto del cotxe i em dirigeixo corrent cap a ells. L'inspector s'alegra de veure'm.

—Ens ha costat descodificar el teu missatge, però aquest cop hem estat de sort! —diu, i jo el felicito efusivament amb una forta encaixada.

—Ha trucat a l'Else Marie?

—És clar! A París no eres, perquè havíem xerrat feia

només una estona. Ella era l'única que em podia facilitar alguna pista de la població misteriosa. Quan li he anunciat que estàveu en perill, no s'ho ha pensat gens ni mica abans de confessar allò que sabia.

—Em sap greu no haver-lo posat al corrent abans, inspector —em disculpo—, però ella em va demanar de no fer-ho fins que no parlés amb la Hanna Matteus.

—No et preocupis per això ara. Tot ha sortit bé. Per cert —diu—, allà hi ha en Max —l'inspector assenyala un cotxe amb una bombeta giratòria al capó—. Què collons li passa? No sembla ell.

Li explico que el duien com a ostatge sota els efectes de la mateixa droga que subministraven als avis perduts.

—Ha muntat una escena impressionant, perquè no volia separar-se d'un dels delinqüents. Deia que es tractava del seu avi —diu l'inspector, que arqueja les celles i fa girar l'índex de la mà a tocar del front.

—Les drogues el deuen haver deixat penjat amb la història dels avis desapareguts —dic jo.

—I qui són aquests bessons?

—Amics nostres. Gràcies a ells he pogut escapar-me d'en Legrand.

Abans d'anar-me a trobar amb el meu amic, ensopego amb la mirada rabiosa que em llança en Legrand des del vidre posterior del furgó.

En Max plora desconsoladament als seients posteriors del vehicle. Es frega els ulls i diu que no vol quedar-se aquí, que ell ha de tornar amb l'avi.

—M'ha costat tant trobar-lo! I ara volen que ens tornem a separar! No ho aconseguireu, fills de puta!

Pobre Max. En Biel i el seu amic es queden fora, i jo entro al cotxe amb ell.

—Hola, Max. Ja sóc aquí —li dic.

—Vull tornar amb l'avi —gemega.

—L'avi Max? Amb l'avi Max, vols tornar?

La seva mirada s'il·lumina i deixa de plorar. Assenteix amb el cap.

—He estat amb la teva àvia. M'ha donat unes fotos de l'avi per a tu.

Em trec les fotografies de la butxaca i les hi dono. En Max, abans d'agafar-les, es passa una mà pels ulls i a continuació se l'eixuga amb els faldons de la camisa per no tacar les fotos.

—És aquest, l'avi Max?

Ell mira corprès les imatges, i fa que sí amb el cap. Un somriure radiant se li dibuixa als llavis.

—Aquest és l'autèntic? —li demano.

—Sí. Mira! —i assenyala el coll del retratat.

Porta un collaret com de cautxú, o de pell girada. Una cinta amb unes pedres de colors que simulen, em sembla, la bandera de Jamaica. En Max somriu i s'abaixa amb la mà el coll de la samarreta. Porta el mateix collaret que llueix l'avi a la foto! Jo l'havia vist molts cops, però mai no li havia preguntat d'on l'havia tret.

—Era de l'avi. Fa uns anys, l'àvia va enviar una carta als pares per comunicar-los que havien trobat la roba de l'avi vora d'un llac, a Dinamarca, cinc o sis anys després de desaparèixer —m'explica en Max—. El cos no el van trobar mai, semblava com si s'hagués esfumat. Però els danesos van tornar els documents, les claus, les poques coses que va deixar a la vora del llac. I la roba i els penjolls. L'àvia va voler que aquest collar fos per a mi.

—Com van localitzar la seva família? Dinamarca és molt lluny...

—No ho sé. Es veu que l'única adreça que van trobar va ser la de Figueres, la de la casa on havia viscut amb l'àvia abans de marxar. Ni els danesos ni l'àvia no van poder saber res dels anys que va estar desaparegut, ni de les circumstàncies que el van portar a ofegar-se al llac. Si és que ho va fer, perquè no van trobar mai el cos.

Torna a ser en Max de sempre, com si de cop haguessin passat els efectes de la droga.

—Jo penso que no es va ofegar.

—Però és estrany que deixés la roba i totes les coses a la vora d'un llac...

—L'avi va volar —afegeix, ben convençut, mirant-me als ulls.

Em pregunto si allò de «volar» ho he d'entendre com una metàfora.

—L'àvia va confessar molt més tard la troballa de les pertinences del seu exmarit. Ell la va abandonar quan estava embarassada del meu pare. No va saber res més d'ell fins que no van aparèixer les coses a Dinamarca. L'àvia ho va explicar al pare per carta, molts anys després, quan ja era vella i jo ja havia nascut.

—Per què tens aquesta fixació amb un home a qui no has conegut mai?

En Max em mira sense veure'm. Continua tancat en el seu món irreal que ara es concreta en una imatge.

—L'avi és un mite. Va fer mal a l'àvia, ja ho sé. I estava emmerdat amb drogues; però per a mi representa l'esperit lliure. L'avi era un ocell que no podia estar-se tancat dins d'una gàbia. I jo sempre he volgut imitar-lo i sentir-me lliure com ell. Si l'hagués conegut, ens hauríem entès, l'avi i jo.

—Penses sovint en ell?

—Sempre, tio. Sempre. Quan els pares se'n van de viatge i triguen mesos a tornar. Quan em veig obligat a prendre decisions que no vull prendre. Quan no tinc ningú que m'aconselli. No és aquesta la llibertat que vull. Aquesta llibertat d'estar tot el dia sol és una merda de llibertat. És una esclavitud.

En Max em demana que el deixi sol uns minuts amb les fotos. Surto del cotxe i explico a en Biel i al seu amic que tot ha anat bé, que hem recuperat en Max.

—Hauries de veure una cosa, Aleix —em diu l'inspector.

Ens precedeix fins al cotxe d'en Legrand. A dins del maleter, enroscat com un cuc i sense coneixement, hi ha una persona gran. Quan els policies el treuen de l'amagatall inhòspit i l'ajeuen a terra per comprovar si encara és viu, descobreixo que es tracta de l'avi Pallissera.

—Possiblement estaven fent xantatge a la família —comenta l'inspector quan li explico que la seva filla va prescindir dels nostres serveis fa un parell de dies.

Un dels homes de l'inspector confirma que en Pallissera és viu, i de seguida telefonen a una ambulància.

Torno al cotxe de l'inspector, on en Max continua amb els ulls fixats en la imatge del seu avi volador.

—És ell —em diu, il·lusionat—. Per fi he conegut l'avi, tio.

L'inspector ens acomiada movent el braç per la finestra del seu cotxe mentre travessa el pont sobre el riu Fluvià. En Max està molt serè, i ens mira agraït i alhora amoïnat per tot el que ha succeït mentre ha estat absent. L'amic d'en Biel descobreix el rètol d'un hotel a la vora de la rotonda i proposa fer un bon esmorzar. Deixem els cotxes a la cuneta i caminem fins a l'hotel El Molí. Ens preparen una taula a la terrassa i ens serveixen uns bons cafès i croissants amb mantega.

En Max pregunta a l'amic d'en Biel si és el seu germà bessó, i en Biel diu que no, que és un amic amb qui sovint es connecta al joc des de l'ordinador de casa seva. Li va explicar la trama de la nostra simulació i li va demanar de connectar-s'hi una estona per si sorgia algun problema a l'hora d'alliberar en Max.

—I sort que ho he fet! Potser sereu uns bons investigadors, però com a herois d'acció us falta experiència!

Estem asseguts tots quatre a la terrassa de l'hotel. A la vora hi ha una piscina de forma el·líptica amb l'aigua clara i el fons pintat de blau. La mestressa de l'hotel, asseguda a prop nostre i amb un llibre a la falda, acarona una gossa i fuma un cigarret.

Hem arribat a algun lloc. Hem trobat allò que buscàvem. Tots estem, si fa no fa, en pau amb nosaltres mateixos. Cap de nosaltres pretén sortir del joc per fer un clic sobre la icona de «Reintroducció definitiva».

10

La mare ha sortit de la dutxa, i mentre li posava el barnús m'ha anunciat que volia tenir un fill.

—Un nen petit, Aleix. Un nen petit com els del carrer.

Jo li he dit que em semblava bé, i de seguida he anat a treure el pa de la torradora. El pare esperava assegut a taula, davant de la tassa de llet. La mare, quan s'ha assegut al seu costat, li ha dit que volia tenir un fill, i el pare no ha fet cap comentari.

Quan desparava la taula ha sonat el mòbil.

—S'ha acabat la bona vida, noi! —m'ha informat en Biel—. Aquesta tarda comencen les classes. Ha passat el perill de contaminació.

A mig matí tots els alumnes hem rebut la trucada oficial comunicant la reobertura del centre escolar.

He estat llegint una estona, i abans de dinar han passat per casa la Marta i la Lua. Han preguntat per en Max, i jo els he dit que encara era fora, amb els seus pares.

—Algú li haurà de dir que comencen les classes!

—Ja li telefonaré aquest vespre —m'he ofert.

—Quina sort poder viatjar amb els pares! M'encantaria conèixer Londres! Buscaré un tio que viatgi sense parar i m'hi casaré! —ha comentat la Lua—. Sempre serà millor fer-ho amb un marit que no pas amb els pares!

—I com t'ho fas sense el teu amic? —m'ha preguntat la Marta—. Et deus morir sense connectar-te al maleït joc!

He dinat amb els pares. Em costa acostumar-me al càtering avorrit que distribueixen els de Serveis Socials. Si més no, el de l'escola té molts menús per triar. La mare s'ha passat el matí a la terrassa, sense veure la televisió, i a l'hora de dinar ha insistit en la idea de tenir un fill.

—El cuidaria, li donaria el pit i el trauria a passejar. Penso que seré una bona mare per al meu fillet.

No sé si la mare recorda què s'ha de fer per tenir un fill, i si continua tan obsessionada amb aquesta possibilitat, hauré de mantenir una xerrada amb ella sobre el tema. L'Aisha es posaria les mans al cap si ho sabés, i amb tota la raó del món: només em faltaria haver-me d'ocupar d'un nadó.

Abans d'anar a l'escola he passat per casa d'en Max per si hi havia notícies dels seus pares. No he trobat cap carta, ni cap *e-mail*, ni cap missatge al telèfon. La taula del menjador, però, tornava a estar parada i plena a vessar d'aliments i begudes. Segurament tenen contractat un bon servei de càtering que proveeix cada mes el fill oblidat que viu a Figueres. He posat les coses que es podien fer malbé a la nevera, i abans de marxar m'he acostat a l'ordinador. La pantalla continuava engegada, i el logotip del MAX em convidava a connectar-m'hi per viure una nova experiència. N'he passat, per descomptat, i he sortit del pis.

Hi havia un munt de nanos a les portes de l'escola. Els professors els donaven la benvinguda i explicaven les darreres notícies sobre el cas de la fuita radioactiva. El nostre tutor ens ha acompanyat fins al menjador comunitari, que dóna just davant de la zona afectada, i hem pogut comprovar que en el camp ras ja no hi havia operaris. El tutor ha obert els finestrals de bat a bat com a mostra definitiva que el perill havia passat.

Ens hem assegut al nostre lloc a l'aula i hem escoltat una videoconferència del director a cada pantalla. Els permisos de sanitat estaven en ordre, la fuita estava reparada i la vida escolar tornava a la normalitat sense cap mena de risc per als alumnes ni els professors. Se'ns ha comunicat que els pares de tots els alumnes havien rebut, per correu electrònic, un informe complet i tranquil·litzador sobre les operacions fetes i els certificats de sanejament. El director ens ha desitjat una feliç reincorporació a la vida acadèmica i ha donat pas a una classe de química aplicada a través del monitor. El químic conferenciant ha exposat les causes i els efectes d'una radiació com la que ha mantingut tancada més d'una setmana la nostra escola.

A la sortida hem anat amb en Biel, la Marta i la Lua a prendre una Cobra al bar d'en Rocco. Tornaven la rutina, els horaris, els deures, els exàmens... Tornava la vida quotidiana. Quan ens hem acomiadat de les noies, en Biel i jo hem esperat l'Igor, que en realitat és més gran que nosaltres i que físicament no s'assembla tant a en Biel com a la simulació, que ens ha vingut a buscar en el seu cotxe per anar a visitar en Max a la clínica de Castelló. Pel camí els he explicat la història dels meus pares, la seva situació i el desig incomprensible de la mare de tenir un fill. L'Igor m'ha demanat si havia pensat mai a internar-los en un centre, que ell em podria ajudar a través de certs contactes amb l'Administració. Jo no podria viure sense els pares, encara que cuidar-los em suposi un esforç important. En Biel també enyora els seus. Van morir quan ell era molt petit, i es va trobar sol, sense família. Primer va viure amb una tia i, després, en un centre de menors a Granollers, fins que se'n va cansar i una nit es va escapar. Va deambular sis mesos pel carrer, amb altres nens que estaven en la mateixa situació. Canviaven de ciutat cada poc temps, i ocupaven pisos, però sempre els feien fora. En Biel, segons ha explicat, no gaudia amb el tipus de vida que duien els joves nòmades amb els quals compartia el temps i l'espai, i va decidir quedar-se a Cardedeu. Va estar un any vivint sol, i va guanyar uns quants calés treballant des de l'ordinador vell que hi havia al pis que ocupava de forma il·legal. D'aquesta manera va poder comprar els mobles indispensables i planificar la seva subsistència de manera més o menys regular. Si volia tirar endavant i aconseguir millors feines, era imprescindible tenir una titulació, i aleshores va decidir matricular-se en una escola. Allí va conèixer l'Igor, que era l'expert en informàtica. Quan l'Igor va trobar feina a Figueres, en Biel el va acompanyar.

En Max té una habitació per a ell sol. Els metges diuen que la setmana entrant li donaran l'alta, i que podrà tornar a la vida ordinària sense patir cap mena de seqüela. El porta un psiquiatre molt competent que procura posar una mica d'ordre en el seu cervell alterat. En Max està content i torna a ser el Max que conec. Li he dit que la taula del menjador de casa seva és plena de provisions i que l'ordinador continua engegat. Els metges li han recomanat prudència a l'hora de connectar-se a segons quin joc, ja que és possible una recaiguda si no va amb compte. En Max està disposat a seguir una teràpia amb el psiquiatre, però està completament convençut que ho superarà i té molt clar que no pensa rendir-se.

Hem comentat l'inici de les classes. En Max ha preguntat per la Marta i la Lua, fins i tot pel pesat de l'Hugo. Hem rigut explicant com el brètol d'en Julià ha aparegut a classe amb una mascareta per por de contaminar-se.

Sobre la tauleta de nit en Max hi té la foto estripada que jo li vaig dur fa uns dies. Hi apareix només l'àvia. La vaig treure de l'àlbum de l'habitació dels seus pares, perquè ell em va demanar que ho fes. La fotografia completa la imagina en Max cada cop que mira el trosset restant. Un dia d'aquests, durant la teràpia amb el psiquiatre, en Max va fer un dibuix que ara té penjat a la paret. Representa un llac envoltat d'esbarzers i pollancres. En primer terme hi ha un munt de roba, esportives, jerseis, pantalons, i al mig del llac, en banyador, hi neden ell i el seu avi Max. Estan junts, per fi, i tots dos porten el mateix collaret de pell amb els colors de la bandera de Jamaica.

L'Igor i en Biel em deixen davant de la porta de casa. Els faig adéu amb la mà, i abans de pujar al pis camino una estona pel meu carrer. Ja és fosc i han engegat els fanals. Han tornat a obrir un club de salsa allà mateix on fa una setmana hi havia el que van tancar. Tres o quatre persones fan cua a la porta per entrar a ballar. Les dones, molt morenes i vestides de colors llampants, agafen les mans dels seus acompanyants masculins i riuen encantades de la vida. Més avall, abans de la rotonda, un nen sol està ajagut sobre la gespa d'un jardinet. Sembla que dorm, mig tapat amb una caçadora texana que li fa de manta. La policia d'immigració el detindrà tard o d'hora, i estic temptat de despertar-lo i convidar-lo a dormir a casa meva, però no tinc prou valor per fer-ho.

Quan pujo al pis penso què faré per sopar. Em sento bé, molt tranquil i content, i em ve de gust celebrar-ho amb un bon àpat.

Saludo els pares des de la porta, però no em contesten. Normalment la mare diu: «Hola, fill. Ja has tornat?» Però avui només sento una sintonia que prové de la pantalla i un locutor que parla. Els pares no són a la sala. El cor em fa un salt: els pares mai no surten de casa, mai no es mouen de davant de la pantalla.

Sento uns gemecs a l'habitació on dormen, i m'hi acosto sense fer soroll. La porta és oberta de bat a bat, i descobreixo els pares al llit. Estan sota els llençols, i em temo que estan fent l'amor d'una manera barroera. La mare xiscla, i el pare es mou tot ell com si patís un atac d'epilèpsia. Em pregunto com s'ho han fet per arribar a fer el que fan. Em pregunto què deu haver dit o fet la mare per engrescar el pare.

No els dic res. El que hagi de ser serà. Vaig a la cuina i em disposo a escorcollar l'interior de la nevera, la porta de la qual està decorada amb un imant: l'holograma d'una cara femenina que fa l'ullet quan t'hi acostes.